TRADUÇÕES
ANDRÉIA MANFRIN
(A VÊNUS DE ILLE)
MATHEUS GUMÉNIN BARRETO
(GRADIVA)

PREFÁCIO
RAYA ZONANA

FANTÁSTICAS

VOLUME II
ANTOLOGIA

A VÊNUS DE ILLE
PROSPER MÉRIMÉE

GRADIVA
WILHELM JENSEN

ERCOLANO

TÍTULOS ORIGINAIS *I. La Vénus d'Ille*
II. Gradiva: ein pompejanisches Phantasiestück

© Ercolano Editora, 2024
© Traduções Andréia Manfrin e Matheus Guménin Barreto
Esta publicação segue as normas do Acordo Ortográfico da Língua Portuguesa, Decreto nº 6.583, de 29 de setembro de 2008.

DIREÇÃO EDITORIAL
Régis Mikail
Roberto Borges

PREPARAÇÃO DE TEXTO
Helô Beraldo

REVISÃO DE TEXTO
Carina de Luca

ILUSTRAÇÃO DA CAPA
Woman dancing on the shore, realizada por Rita Senger, 1916.

PROJETO GRÁFICO
Estúdio Margem

DIAGRAMAÇÃO
Joyce Kiesel

Todos os direitos reservados à Ercolano Editora Ltda. © 2024.
A reprodução não autorizada desta publicação, no todo ou em parte, e em quaisquer meios impressos ou digitais, constitui violação de direitos autorais (Lei nº 9.610/98).

AGRADECIMENTOS

Beatriz Reingenheim, Carolina Pio Pedro, Christian Begemann, Daniela Senador, Eduardo de Santhiago, Láiany Oliveira, Mariana Abreu, Mila Paes Leme Marques, Ricardo Domeneck, Victoria Pimentel, Vivian Tedeschi.

SUMÁRIO

08 PREFÁCIO
QUEM É ESTA MULHER?
• RAYA ZONANA

•

32 A VÊNUS DE ILLE •
PROSPER MÉRIMÉE

•

72 GRADIVA •
WILHELM JENSEN

PREFÁCIO

QUEM É ESTA MULHER?

RAYA ZONANA[1]

---

[1] Raya Angel Zonana é médica psiquiatra pela Faculdade de Medicina da Universidade de São Paulo. Psicanalista da Sociedade Brasileira de Psicanálise de São Paulo. Editora de *Calibán, Revista Latino-Americana de Psicanálise* (2017-2022).

> [...] *quando vi pela primeira vez a gloriosa dama dos meus pensamentos* [...] *não pude deixar de tremer e de murmurar para mim mesmo:*
> *eis um Deus mais forte do que eu, que chegou para me dominar.*
>
> Dante Alighieri,
> *Vida nova*

pergunto-me: o que podem nos contar histórias de amor escritas há séculos? Como ler contos e novelas de amor que habitaram o final do século XIX e o início do século XX, tempos tão distantes? Agora, diante das mudanças que vivemos neste século XXI, em que a distinção entre o real e o virtual é quase impossível, e muitas vezes sequer desejada, sigo me perguntando: o que busca um leitor?

Ao longo dos tempos, em cada momento histórico, diante das mudanças do homem e do mundo à sua volta, as artes, e a literatura entre elas, se transformam, ganham camadas, perpassando estes dois registros — dor e prazer —, os pontos de angústia de quem é vivo.

Seriam o amor e a morte — grandes temas do humano, focos do conto e da novela que compõem este volume de *Fantásticas* — o espaço da fantasia e do desejo aos quais a literatura e as artes sempre se voltam e aos quais nos fazem retornar? Assim, algo escapa dessas histórias, encantando-nos a cada nova leitura.

O leitor, então, se embrenhará na leitura de duas histórias de amor e morte, cada uma tecida com os fios de sua época e cultura: *A Vênus de Ille* (1837), do autor francês Prosper Mérimée (1803-1870), e *Gradiva: uma fantasia pompeiana* (1902), do autor alemão Wilhelm Jensen (1837-1911). Trata-se de histórias singulares, marcadas pela peculiaridade daquele momento social e histórico em que a recente filosofia das Luzes propunha a Ciência e a razão como instrumentos de conhecimento.

No final do século XVIII e início do século XIX, o avanço da ciência e o progresso impõem um ritmo cada vez mais acelerado. A Revolução Industrial, a necessidade de produção e o consumo roubam espaço da experiência, da contemplação e do mundo sombreado, onde nem tudo é visível. Numa acepção talvez utópica, que seria típica da Modernidade, há o desejo de restaurar os valores formadores da tradição, impossíveis, porém, de serem totalmente recuperados. Assim, a busca do novo junto ao desejo de uma volta à tradição constituiu-se como o paradoxo da Modernidade (Paz, 1984).

Em contrapartida a esse homem racional e célere, surge no início do século XIX o gênero literário fantástico, "com a intenção declarada de representar a realidade do mundo interior e subjetivo da mente, da imaginação" (Calvino, 2004, p. 11). Na literatura fantástica, o elemento sobrenatural ganha a cena, revela-se. Revela também o fantasiar, a interioridade subjetiva que nos forma e que insiste como "irrupção do inconsciente, do reprimido, do esquecido" (Calvino, 2004, p. 9). As palavras de Calvino nos levam necessariamente a outra construção do século XIX: a psicanálise. Freud, criador dessa nova disciplina, nos lembra de que o ser humano sonha, que os sonhos têm história, sentido, e são, sobretudo, plenos de desejos movidos por fantasias (Freud, 1900/2019a). Os chamados estados alterados de consciência, como o sono, o sonho, o hipnotismo e o sonambulismo, passam a ser estimados pelo romantismo alemão, nascedouro da literatura fantástica.

Se a palavra "fantástico" vem do verbo grego *phantázein* ("fazer aparecer", "mostrar", "deixar vir à luz"), então, o que o conto fantástico desvela é o mundo interior da imaginação e, além de expor sua riqueza, eleva-o a uma preciosa fonte para a subjetividade do humano. Como observado por Calvino (2004) — e Freud, sobretudo em *A interpretação dos sonhos* (1900) —, o recalcado se revela à noite, na escuridão, sempre presente e atuante no sujeito, ainda que "suprimido" da consciência. No conto fantástico, enfrentam-se "a realidade do mundo que habitamos e conhecemos por meio da percepção e a realidade do mundo do pensamento que mora em nós e nos comanda" (Calvino, 2004, p. 9).

O que os olhos veem carrega a tinta dos desejos plenos da ilusão e da ficção que criamos para viver nossa história. A imaginação nos arrasta a ideias inquietantes, misteriosas; em suma, o gênero fantástico expressa a essência humana. A perplexidade se impõe diante de algo difícil de crer. O que pensar? É possível pensar ao sermos tomados pelo espanto? Entre a tentativa de uma explicação racional e a angustiante aceitação do sobrenatural, do que não se sabe, instala-se no leitor a hesitação, sentimento fundante do fantástico (Todorov, 2007), e, assim, aquele que lê, implicado no texto como de fato está, é perturbado pelo sentimento de incerteza. O encontro com o sobrenatural provoca o contato fugidio com o estranho que nos habita, sempre à espreita, e do qual o fantástico retira sua semente. O estranho/familiar (Freud, 1919/2019b), o inquietante de nossas fantasias mais profundas e de nossos desejos mais assustadores, o que há de mais íntimo, e por isso não conhecido, quando exposto pela literatura fantástica, nos assombra. Esse verbo dispõe de inúmeros sinônimos: "encantar", "maravilhar", "revelar", "deslumbrar", "fascinar" — e todos caracterizam o efeito gerado pelo conto fantástico. Propõem ambiguidade, deslumbram o leitor, tiram seu lume, desviam-no. Na época do advento da técnica, das grandes construções urbanas, da razão como medida, a literatura encontra outro caminho: o do encanto. Mas "o encanto não é desprovido de perigos [...], não significa apenas extasiar, mas também arrancar, raptar, roubar" (Mezan, 1993, p. 20). Todas essas definições levam à ideia de um além, de um excesso. Mas além de quê? Além do racional, do mensurável?

Na medida em que o pensamento científico impera no século XIX, tempo histórico em que tudo se explica, tudo se classifica e quantifica, o ser humano passa a ser objeto dessas operações. Mas a ciência frustra; há aspectos do humano que não cabem nessas categorias. O sofrimento psíquico, a dor e o prazer da existência são experimentados, tornam-se poemas, romances, contos, expressam-se por meio das artes, mas excedem qualquer dimensão de mensurabilidade. Assim, Freud (1895/2016, p. 231), ao escrever sobre suas pacientes, nota que a narrativa de casos clínicos se assemelhava mais a ficções literárias do que a tratados médicos:

Nem sempre fui psicoterapeuta. Como outros neuropatologistas, fui formado na prática dos diagnósticos locais e do eletrodiagnóstico, e a mim mesmo ainda impressiona singularmente que as histórias clínicas que escrevo possam ser lidas como novelas e, por assim dizer, careçam de cunho austero da cientificidade. Devo me consolar com o fato de que evidentemente a responsabilidade por tal efeito deve ser atribuída à natureza da matéria, e não à minha predileção; o diagnóstico local e as reações elétricas não se mostram eficazes no estudo da histeria, enquanto uma exposição minuciosa dos processos psíquicos, como estamos acostumados a obter do escritor, me permite adquirir, pelo emprego de algumas poucas fórmulas psicológicas, uma espécie de compreensão do desenvolvimento de uma histeria.

A descoberta freudiana é a de que suas pacientes sofriam de reminiscências, de feridas nunca cicatrizadas, marcadas no corpo erógeno, coberto de fantasias. "Criado" pelo e para o amor e para as dores e prazeres que dele advêm, o corpo erógeno se sobrepõe ao anatômico, dando-lhe outras configurações sensíveis. Aí vivem nossos fantasmas que emergem em sonhos e em momentos de êxtase — a sexualidade humana tingida pelo erotismo é vivenciada como transbordante, enigmática. Podemos descrevê-la como sobrenatural?

Os feixes nervosos, os músculos sobre os quais se assentam as fantasias desse corpo erógeno erótico não podem ser comandados pela vontade consciente; pelo contrário, estão sob as ordens do estranho mencionado anteriormente, desse estranho familiar: o próprio inconsciente que sempre nos escapa. O sobrenatural nos habita. Desse mundo de sensações, imagens e afetos intensos cabe ao poeta falar. Cada época tem seus poetas, e é também esse corpo e seus desejos que a literatura fantástica põe em evidência, como veremos nas duas histórias deste volume.

A DEUSA

> *Ah! Deusa!*
> *Tende piedade da minha tristeza e de meu delírio!*
> *Mas a implacável Vênus mira ao longe*
> *eu não sei o quê com seus olhos de mármore.*
>
> Baudelaire,
> "O bobo e a Vênus"[2]

Prosper Mérimée nasce em Paris no início do século XIX e, desde muito jovem, liga-se às artes, vindo a ser inspetor-geral dos monumentos históricos. Não por acaso, essa é a profissão do narrador de *A Vênus de Ille*.

Um arqueólogo parisiense, experto em monumentos, chega a Ille, um vilarejo na fronteira da França com o País Basco, e trava um diálogo com o guia local. Já nesse início, dá-se a ver a distância que separa as ideias do estudioso, vindo da capital, daquelas em que população da província acredita. Essas diferenças se explicitam mais ainda diante da recente descoberta de uma estátua de Vênus em bronze, sobre a qual os habitantes de Ille criaram superstições que o arqueólogo parisiense não valoriza ou claramente despreza. Os contos de Mérimée costumam ter "uma fiel atenção à 'cor local', aos climas, à atmosfera humana" (Calvino, 2004, p. 241), conferindo um tom exótico ao fantástico.

Mas o que seria essa "cor local", o "exótico"? Podemos pensar que Paris era, naquele momento, uma cidade em efervescente transformação. As famosas "passagens", primeiras construções em ferro e vidro, criam um mundo de vitrines e luzes em que o consumo é a meta. Nasce a modernidade, a técnica, a sociedade de massas e, ao mesmo tempo, a ideia de "renovar a arquitetura no espírito da Grécia antiga" (Benjamin, 2007, p. 40).

---

2   BAUDELAIRE, C. "O bobo e a Vênus". *In*: BAUDELAIRE, C. *Pequenos poemas em prosa*: o *spleen* de Paris. São Paulo: Via Leitura, 2019. p. 23.

Nesta pequena vila, é uma estátua de Vênus com características greco-romanas construída em bronze que encanta, enfeitiça a população, e faz um arqueólogo vir da cidade. Mérimée sutilmente direciona nosso olhar para uma questão cara aos artistas do século XIX: a modernidade que chega com suas fraturas, o mundo que se desmembra em construções urbanas gigantescas, destituindo de valor a natureza e a tradição do belo e do perfeito, conforme preconizado pela Antiguidade. Assim, o arqueólogo é aquele que retoma o antigo, cultua a pátina do tempo como espaço das camadas de vida e experiência que ali se depositaram.

No entanto, as superstições e crenças que cercam a Vênus de bronze e tomam o imaginário dos habitantes do pequeno povoado não tocam o pensamento racional do narrador culto e conhecedor da Ciência. Este, por sua vez, mantém em seu narrar certo distanciamento e superioridade frente ao movimento que a bela e estranha estátua cria à sua volta — e, sim, a estátua tem seu fascínio, pelo qual até o mais indiferente dos mortais é enredado. Mas o próprio narrador é enredado no movimento da casa de seu anfitrião, ocupado com o casamento do filho, Alphonse, com uma bela jovem herdeira de uma grande fortuna. A herança é claramente mais excitante para o noivo do que a beleza de sua jovem noiva, assim como é nítido que a maior fonte de excitação de Alphonse é a pela, da qual é um exímio jogador. Mérimée relata como Alphonse, já vestido para a cerimônia, é atraído por uma partida à qual se entrega de corpo e alma, quase esquecendo-se do casamento.

A sexualidade, segundo Freud, se deposita em todos os jogos da vida, e, neste caso, a libido, motor da sexualidade, recobre o jogo de pela no qual Alphonse se envolve apaixonadamente, incitado pela rivalidade com o seu adversário. Ganhar do oponente másculo, alto e forte com quem compete, medir-se com ele, arrebata este homem pouco entusiasmado com sua jovem e bela noiva, exceção feita à sua fortuna. O *outro* serve a Alphonse como um espaço no qual ele pode mirar seu poder, ora ao vencer um jogo, ora ao arrematar uma fortuna. Somente o poder de uma deusa, ainda que de forma trágica, poderia retirá-lo desse espelho narcísico, desse encantamento consigo próprio.

Essa deusa, a Vênus de bronze, é a preciosidade que o anfitrião, pai de Alphonse, está ansioso para exibir ao narrador e, com isso, exibir-se e exibir a posse desse objeto. É inegável também que o arqueólogo parisiense não pode fugir ao impacto que lhe provoca a visão da Deusa (p. 47-48):

[...] é impossível ver algo mais perfeito do que o corpo dessa Vênus; nada mais suave, mais voluptuoso que seus contornos; nada mais elegante e nobre do que sua vestimenta. [...] O que me chocou, sobretudo, foi a requintada verdade das formas, de modo que era possível acreditar que tinham sido moldadas pela natureza, se a natureza produzisse modelos tão perfeitos.

[...] Quanto ao rosto, jamais conseguirei expressar seu caráter estranho [...]. Liam-se desdém, ironia, crueldade nesse rosto que, todavia, era de uma incrível beleza. [...]

Diante desta deusa os dois homens, fascinados, imaginam (p. 48):

Se a modelo já existiu [...], e duvido que o céu já tenha produzido tal mulher, como lamento por seus amantes! Ela deve ter se divertido em fazê-los morrer de desespero. E há em sua expressão algo de feroz, ainda que eu nunca tenha visto algo tão belo

Todos os sentimentos que a estátua acaba por provocar nesses dois homens parecem confirmar-se pela inscrição em latim no pedestal que a sustenta, advertindo-os: "*cave amantem*[3]". Se o ídolo é mais que perfeito, mais

---

3   "Cuidado com quem amas". (Tradução livre.)

ainda do que qualquer mortal que pudesse ter sido seu modelo, de onde viriam essas formas tão fascinantes, esse olhar tão encantatório e insensível, feroz, senão da própria imaginação do escultor? Da fantasia de um homem que deseja uma mulher envolvente e gélida? Mortífera? O que pode nos contar sobre o desejo masculino este anseio de entregar-se a uma mulher distante e impenetrável?

É também de Mérimée a novela *Carmen*[4].(1845), inspiradora da ópera de mesmo nome, composta por Georges Bizet (1838-1875), que a estreou em 1875 em Paris. A personagem principal, uma mulher independente e voluntariosa, repete na ária mais famosa, *Habanera*, a advertência que jaz no pedestal da Vênus de Ille: *"Si tu ne m'aimes pas, je t'aime. Si je t'aime, prends garde à toi*[5]*"*.

Nesse momento histórico a ópera passa a ganhar cada vez mais popularidade na Europa. Seus temas giram, em sua maioria, ao redor de mitos da Antiguidade, em geral deusas, que fazem da *prima donna* a grande presença dos palcos: a diva. O poder de sedução sobre seus admiradores é intenso. Venerada pela sua arte, ela é, ao mesmo tempo, vista como uma mulher perigosa, independente e livre para viver os seus próprios desejos. A ópera *Norma* (1831), de Vincenzo Bellini (1801-1835), tem como heroína uma alta sacerdotisa com características que ecoam Diana, a virginal deusa romana da lua e da caça. A ária *Casta Diva*, executada em uma cena de grande intensidade, construída em torno da voz e da imagem da *prima donna*, marca a estética e a ideia da diva. Théophile Gautier (1811-1872), escritor, libre-

---

4 "Carmem" é também o nome da personagem feminina do conto *Estátua de neve* (1890), de Maria Benedita Câmara Bormann, que assinava como "Délia", no primeiro volume desta coleção.

5 "Se não me amas, eu te amo. Se eu te amo, toma cuidado."

tista e poeta contemporâneo de Mérimée, também autor de contos do gênero fantástico, impactado pela *prima donna* Giulia Grisi, intérprete dessa ópera apresentada em Paris, em 1835, escreve: "Que escavação secreta perto do Parthenon produziu aquela máscara tão pura, tão clássica, tão vivaz, que a emoção mais violenta não pode distorcer, e que permanece bela diante das agonias mais dramáticas!" (Bailey, 2023, p. 16).

Frente à exuberância de uma bela e sedutora mulher, diante da voz encantatória, o que surge na fantasia de Gautier, e talvez também na de muitos outros homens, é a mulher em pura máscara de mármore, estática em sua beleza, imune às emoções... Mas, mesmo em bronze ou em mármore, ou como a sereia dos mares cujo canto maravilha e leva à morte, na fantasia masculina, essas mulheres trazem em si o signo da sedução mortífera, do erotismo ligado à morte. Talvez por isso, das divas se deseje a estátua, a máscara ou a imagem, como na fotografia e no cinema, artes que surgiam naquela época. Tudo que *lembrasse* a mulher, mas que não fosse ela própria, seu corpo vivo, o carnal do erótico. *Do desejo feminino, cuida-te!*

Nas primeiras linhas de *O erotismo*, Georges Bataille (2004, p. 19) escreve: "Do erotismo, é possível dizer que ele é a aprovação da vida até na morte". Talvez por esse motivo a tão desejada fusão que acontece por um momento no encontro de corpos leve o nome de "pequena morte".

É também sob esses significantes que Jean-Paul Vernant (1999, p. 60) nos conta a história da Vênus original, deusa do amor e da beleza que nasce na Antiguidade grega e cujas marcas alcançam nossos dias. Conta-se que Gaia, a terra, se une a Urano, o céu, para produzir uma linhagem de filhos. Urano, porém, mantém-se sobre Gaia, cobrindo-a inteira e escondendo seus filhos, impedindo-os de tomarem forma própria. Gaia então convida Cronos, um de seus filhos, a mutilar Urano, castrando-o.

Dos testículos de Urano jogados ao mar nasce Afrodite, ou Vênus na versão romana, deusa da união, do amor e da beleza. Feita de amor e morte, da castração de Urano, nasce das espumas do mar essa deusa possessiva, vingativa contra suas rivais e seus amantes. Vênus nasce da carne de Urano, do desejo masculino. Que desejo é esse?

Em "O motivo da escolha do cofrinho" (1913/2017), Freud, inspirado por duas tragédias de Shakespeare e derivando por fábulas e mitos, chega à ideia de que a imagem que a mãe — primeiro amor — assume para o homem equivale aos laços que ele estabelece com a mulher ao longo da vida: primeiro, a mãe que dele cuidou; segundo, a companheira da qual deseja, em vão, o mesmo amor que *imagina* ter recebido da mãe; e a terceira, a "destruidora", a morte, a única que o enlevaria como a mãe o *teria feito*. A coreografia com o feminino, plena de enganos, se faz entre a expectativa do abraço amoroso e o temor do beijo mortífero. No amor romântico, o desejo de fusão faz par com o receio de aprisionamento que invade o homem diante deste sempre *outro* feminino.

Muitos corpos femininos temidos por enfeitiçarem os homens tiveram a fogueira como destino. Que sina teria a Vênus de Ille, tão bela quanto insensível, ao enfeitiçar quem dela se aproximasse?

Convido o leitor a adentrar o conto e perder-se no fantástico que dele emerge.

QUEM É GRADIVA?

A rua em torno era um frenético alarido.
Toda de luto, alta e sutil, dor majestosa,
Uma mulher passou, com sua mão suntuosa
Erguendo e sacudindo a barra do vestido.

Pernas de estátua, era-lhe a imagem nobre e fina.
Qual bizarro basbaque, afoito eu lhe bebia
No olhar, céu lívido onde aflora a ventania,

A doçura que envolve e o prazer que assassina.
Baudelaire,
"A uma passante"[6]

Gradiva, aquela que avança, é o nome dado por Norbert Hanold, jovem arqueólogo, à *virgo* romana (p. 81) que avança com uma "estranha elegância" (p. 81). Trata-se, na verdade, de uma figura que salta de um baixo-relevo, colocado em um canto iluminado e privilegiado do gabinete do arqueólogo, e que o atrai especialmente. Cativa-o algo em seu andar, a maneira como pousa um pé e deixa o outro quase ereto à espera do próximo passo. Também a forma como ergue levemente a barra das vestes e descobre os pés, deixando emergir a fantasia de um andar ágil por entre o rico pregueado de sua túnica. O nome Gradiva é inspirado em *Mars Gradivus*, o deus da guerra a caminho da batalha. Assim como imaginou um nome, o rapaz deixou a pulsação que a imagem marmórea lhe provocava levá-lo por muitos caminhos. A partir de conjecturas, criou-lhe uma vida. Observando bem a graça de seu andar à luz de seus conhecimentos em Arqueologia e História, ele a situou em Pompeia, tornada estátua nessa suave posição que o mantinha encantado.

Ao ler a novela de Wilhelm Jensen, imagino as fantasias que envolvem o dr. Norbert Hanold nas pregas dos trajes dessa caminhante. Desde a Antiguidade até os dias atuais, o andar de uma mulher leva homens a miragens que evoluem, passo a passo, com o movimento de seu corpo. Impossível não nos lembrarmos de "Garota de Ipanema", de Tom Jobim.

Convido o leitor a perceber como o doce balanço de Gradiva, apenas sonhado por Norbert, o transtorna, deslocando-o não somente no espaço geográfico, mas também em seu espaço psíquico. Ele passa a notar

---

6 BAUDELAIRE, C. *As flores do mal*. Rio de Janeiro: Nova Fronteira, 1985. p. 345.

e estudar o andar das mulheres que caminham pelas ruas da cidade, e Jansen nos faz ver que a mulher é algo totalmente desconhecido para o nosso protagonista. Norbert recolhe desses seus estudos a certeza de que, na realidade, não existe dama como "a sua", o que o faz confirmar que somente a fantasia do escultor seria capaz de criar essa mulher que não se encontra na vida real.

Note-se que os fantasmas masculinos criam uma mulher supostamente inexistente. Voltamos, assim, à desejada e inalcançável diva: um ideal que se vê apenas em sonhos.

Norbert não sonha apenas acordado, mas também ao dormir. Em seu sonho, encontra essa jovem em Pompeia na data em que o Vesúvio derramaria suas lavas sobre a cidade, congelando-a em cinzas e pedra.[7] O sonho tão vívido confirma o que Norbert via na figura do baixo-relevo. Alguma coisa "muito humana e cotidiana [...] como se o artista a tivesse capturado depressa em um modelo de argila, ao vivo, enquanto ela passava pela rua" (p. 80).

Deslumbrado e ainda ligeiramente adormecido, observa pela janela a multidão e vislumbra uma mulher na qual supõe *reconhecer aquele andar*. Sai em desabalada carreira, perseguindo a mulher do seu sonho sem se dar conta de que estava vestindo pijama. Estremecido pela sua atitude, que sentiu como insana, retorna à casa, mas ali continua agitado. Os ares frescos da primavera que se anuncia, o canário que insiste a cantar na gaiola, as cores que saltam das frutas e flores que vê pela janela o enviam para uma viagem. Ele se reconhece no canário preso em sua gaiola, em uma vida contida, dedicada somente a estudos, e dá-se conta de que algo em seu íntimo exige movimento. A mudança já se anuncia em

---

[7] O mesmo motivo é encontrado no enredo do conto *Arria Marcella* (1852), de Théophile Gautier, no primeiro volume desta coleção.

sua alma e ele decide fazer "uma viagem de primavera" (p. 94). Aos poucos, iniciando-a em direção ao sul, à Itália, alcança Pompeia, terra que dá por certo ser a de sua venerada Gradiva.

De certa forma, vejo nessa novela de Jensen o que se poderia chamar de um "romance de formação", uma descoberta de si mesmo. O jovem arqueólogo passa por sentimentos nunca habitados; nota em seu caminho o amor entre um homem e uma mulher, sentimento que — com sua algazarra de corpos e seus arrulhos — não somente não faz sentido para ele, mas o incomoda profundamente. Entretanto, seu olhar para as paisagens sofre uma ampliação e ganha um brilho que transforma o que vê em algo novo em sua vida, trazendo-lhe sensações inesperadas. Claro está que algo acordou seus sentidos e o desejo de explorar a vida o leva em direção ao sul, onde o calor faz frente à frieza do norte. A viagem se torna uma forma de vivificar as fantasias de seu corpo soterrado no período glacial de uma sexualidade dirigida aos livros e aos mármores da Antiguidade, em que os corpos vivos jazem em cega indiferença. Não somente se surpreende diante do corpo e do andar de uma mulher, mas também se surpreende com os movimentos de seus próprios sentimentos. É tomado por um certo alvoroço, logo ele que esperava viver de "Tranquilidade e Ciência, duas calmas irmãs, as únicas nas quais se podia encontrar gratificante abrigo" (p. 103). Mas seu desejo em busca dessas duas entidades lhe era, naquele momento, tão peculiar e desconhecido que, se "não fosse uma contradição, ele teria dado a tal impulso o epíteto de 'passional'[...]" (p. 103).

O estranho, sobre o qual falei anteriormente, toma nosso herói. Seus sentimentos, que lhe pareciam algo familiares e íntimos, agora aparecem como perturbadores e estranhos.

Talvez para Norbert Hanold, que por tantos anos aplacou o fogo de sua vida pulsional, a erupção de sentimentos somente possa ser vivida como incompreensível, irracional e sobrenatural. A hesitação do personagem, na tentativa de explicar o inexplicável das vivências que o tomam, o retira da certeza que esperava encontrar na Ciência, seu refúgio. Envolvido pelo feitiço daquele andar, por aquele pé ereto, passa a persegui-lo até Pompeia, onde, encantado, o encontra (p. 114-115):

Mas então, de repente...
Ele observava a rua — e, apesar de estar de olhos abertos, era como se a olhasse dentro de um sonho. Nesse sonho, [...] eis que surgiu a Gradiva, ágil, graciosa.
Era de fato ela, não havia dúvida; ainda que os raios de sol envolvessem sua figura em algo como um fino véu dourado, Norbert a distinguiu claramente quando a viu de perfil — a posição que tinha no baixo-relevo.

Deixo que o leitor siga as descobertas que se sucedem ao deslumbramento pelo qual Norbert é possuído. Na realidade, essa possessão não é só do personagem da narrativa, mas de todos nós. Muito precocemente, a sexualidade se faz presente em nossas vidas pelas mãos, ou melhor, pelo corpo que nos alimenta, nos acalenta, nos sustenta, e pelos movimentos, sons e ruídos que acompanham esses instantes plenos de fantasias e de detalhes que fazem nascer o corpo erógeno, cunhando nosso objeto de desejo imaginado e jamais alcançado. A ele sempre desejamos voltar. A esses momentos outros se acrescentam, muitas vezes esquecidos ao longo da vida, mas vivos no tempo sempre presente do inconsciente.

Na novela de Jensen, o herói segue não somente os rastros de sua adorada estátua estranhamente real, mas também os rastros de suas lembranças, das quais ele mesmo não se recorda.

Como diz Pontalis (2014), em seu belo ensaio "Freud com a Gradiva", seria por demais redutor atribuir o fascínio de Norbert pela posição do pé ou pelo andar de Gradiva a um caso de fetichismo. Ali, lembra-nos Pontalis, há o encanto da adolescente. Mas o que é a adolescente senão uma passagem? Um instante entre a já não mais menina e a ainda não mulher? Pode-se dizer que este momento é transitório, rápido e sutil, e que logo se perde, *morre*, assim como o instante do meio-dia em que Norbert Hanold encontra uma Gradiva etérea e fugidia caminhando nas pedras de Pompeia? E o que é o fetichismo senão uma criação em um átimo no qual, ao não se desejar ver o que se teme, se busca um substituto enganoso que, no entanto, não engana? O que se teme é a percepção da diferença, de um outro diverso e incompreensível. Disso sabemos, mas... Evitamos e criamos fetiches que preenchem espaços nos quais o vazio e a falta nos lembram de nossa frágil humanidade, da morte inevitável.

E, assim, Norbert Hanold busca Gradiva e encontra... Uma jovem mulher, Zoë Bertgang. Em grego, "Zoë" significa "vida", e parece ser esse o sentido que o encontro oferece a Norbert. Além disso, Zoë expressa o mesmo que Gradiva, "aquela que resplandece quando caminha" (p. 167). Encontrar o antigo no novo e ressignificar uma lembrança são situações caras ao psicanalista. Voltamos sempre ao primeiro amor, esquecido, mas sempre lembrado, diria Freud. Norbert Hanold havia "esquecido" o que era uma mulher, mas o suave e ágil andar de sua Gradiva o faz reviver o que se mantinha em suspensão como lembrança, provocando sentimentos vívidos ali onde a sexualidade permanecia adormecida. Seria essa a forma pela qual poderia se aproximar de uma mulher? Zöe era invisível para Norbert até poder ser "emoldurada" pela fantasia de mármore Gradiva, objeto de seu desejo. Zöe soube sustentar-se na fantasia de Norbert como imagem marmórea até que, no momento exato, pudesse apresentar-se. Zoë/vida, uma mulher desejante.

Talvez esse seja o encantamento que essa mulher ainda adolescente, nascida das páginas de Jensen, no início do século XX, provocou em tantos homens que escreveram sobre ela. Nas palavras de Serge Viderman (*apud* Pontalis, 2014, p. 147), Gradiva é "a mulher fálica e castrada". O olhar de Norbert pousa na figura imaginada, estampada ou esculpida que ele mantém em seu gabinete, e sobre a qual sua imaginação pode ter longos voos. Envolta na delirante imagem de Gradiva, ele pode encontrar *a mulher desejada*.

Sempre emoldurada pela fantasia, a mulher desejada nos é apresentada de uma bela forma por Slavoj Žižek (1992), que estende seu olhar para *Janela indiscreta* (1954), filme de Alfred Hitchcock (1899-1980), e nos diz:

[...] de que modo um objeto empírico positivamente dado se transforma num objeto de desejo? Como passa a conter um X, uma qualidade desconhecida, algo que é "nele mais do que ele" e que o torna digno de nosso desejo? Simplesmente, entrando no contexto da fantasia, sendo incluído numa cena fantasística que dê consistência ao desejo do sujeito. Tomemos o filme de Hitchcock, *Janela indiscreta*: a janela pela qual James Stewart, incapacitado e preso à sua cadeira de inválido, olha sem parar é, evidentemente, uma janela da fantasia — seu desejo fica fascinado pelo que pode ver através dela. E o problema da pobre Grace Kelly é que, ao lhe declarar seu amor, ela age como um obstáculo, como uma mancha que perturba a visão pela janela, em vez de fasciná-lo pela sua beleza. Como ela consegue, finalmente, tornar-se digna de seu desejo? Entrando, literalmente, no contexto de sua fantasia: atravessando o pátio para aparecer "do outro lado", onde ele possa vê-la pela janela; quando Stewart a vê no apartamento do assassino, seu olhar se torna imediatamente fascinado, ávido, desejoso dela: ela encontrou seu lugar no espaço da fantasia dele. (Žižek, 1992, p. 117)

Este "outro lado", do qual fala Žižek, a *outra cena*, é a do desejo alucinatório que uma vez se supõe ter sido alcançado e que baila perene no inconsciente em busca de uma representação na qual possa colar-se.

volto à questão inicial: quem é essa mulher? Que mulher necessita estar aprisionada em metal ou em pedra para entrar na vida de um homem e provocar seu desejo, ou então necessita ser observada por frestas, brechas, delírios, manter-se fantasmática e só assim tornar-se visível e passível de ser desejada?

Vênus de Ille e Gradiva, inalcançáveis e, portanto, desejáveis, divas impenetráveis em seus materiais duros e secos, mulheres-fetiche cujo corpo vivo é tabu.

Cada parte do corpo feminino torna-se fetiche, palavra que também nomeia um objeto de proteção. Protege-se da percepção da diferença, da falta, da vida como ela é. Assim, o erotismo desvia-se do corpo desejante e recai sobre seus fragmentos, nos quais se fixa o olhar masculino: o pé, o andar, os seios, a voz, o corpo em si como um grande fetiche, em uma infindável série de significantes que exclui a *mulher* em sua singularidade e em seu desejo.

O feminino, portanto, torna-se objeto de coleção, seja em baixo-relevo, seja em estátua, máscara, telas, fotografias, maneiras de evitar o corpo vivo da mulher, esta que é sempre o *outro* do *UM*, que em nossa cultura é o homem.

Ora, a tela *A origem do mundo* (1866), de Gustave Courbet (1819-1877), pode ser tomada como um exemplo por sua história peculiar. Essa tela apresenta uma visão frontal do órgão genital feminino. Foi encomendada por um diplomata otomano, que a manteve em seu quarto de banho, coberta por um véu, até vendê-la a um colecionador. Seu novo dono a conservou também encoberta, dessa vez, por outra tela, também de Courbet. Finalmente, em 1955, foi comprada por Lacan. O quadro então ocupou um espaço em sua casa de campo, o escritório, acessível à visão somente após ser revelado pelo deslizar de uma tela que o velava. Somente em 1995, quando passou a pertencer ao acervo do Museu d'Orsay, pôde ficar livremente exposta.

O ritual de desvelamento pelo qual essa tela passou ao longo de mais de cem anos de existência nos remete ao tabu da virgindade cantado em *Casta Diva* e decantado pelo olhar de Norbert Hanold em Gradiva, que ele sonhava ser uma "*virgo* romana". Diante disso, compreende-se o mito da Medusa, tema de um texto *inacabado* de Freud (2011). Grifo "inacabado" porque Freud não *acaba* de tentar entender o feminino. Nesses escritos, a figura da Medusa, uma cabeça decepada com os cabelos de serpentes revoltas, é associada ao órgão genital feminino. Segundo o mito, quem olhasse para a Medusa se transformaria em pedra. Dessa forma, a visão do órgão sexual feminino encanta, enrijece, mas penetrá-lo leva à "pequena morte". A diva é também a bruxa.

O conto e a novela que compõem este volume foram escritos por homens no século XIX e início do século XX; muita coisa mudou, sabemos. Se, naquele momento, poucas mulheres podiam se aventurar na arte da escrita, atualmente as mulheres "escrevem-se". Podemos ouvir seu canto, que nos passos ágeis da Gradiva dá a ver seu desejo. Por mais que o feminino se forje no imaginário de uma sociedade ainda masculina, patriarcal, há, no entanto, outras vozes.

Termino oferecendo a pena da escrita a uma mulher, a escritora francesa Hélène Cixous (2022, p. 62), que nos mostra outra face da Medusa: "Basta olhar a Medusa de frente para vê-la: ela não é mortal. Ela é bela, e ela ri".

REFERÊNCIAS

ALIGHIERI, D. *Vida nova*. Lisboa: Guimarães Ed., 1993.

BAILEY, K. *Diva*. Londres: V&A South Kensigton, 2023.

BATAILLE, G. *O erotismo*. São Paulo: Arx, 2004.

BAUDELAIRE, C. *As flores do mal*. Rio de Janeiro: Nova Fronteira, 1985.

BAUDELAIRE, C. "O bobo e a Vênus". *In*: BAUDELAIRE, C. *Pequenos poemas em prosa*: o *spleen* de Paris. São Paulo: Via Leitura, 2019.

BENJAMIN, W. Paris, a capital do século XIX. *In*: BENJAMIN, Walter. Passagens. Organização de Willie Bolle e Olgária Chein Féres Matos. Belo Horizonte: Editora UFMG, 2007.

CALVINO, I. *Contos fantásticos do século XIX*. São Paulo: Companhia das Letras, 2004.

CIXOUS, H. *O riso da Medusa*. Rio de Janeiro: Bazar do Tempo, 2022.

FREUD, S. A cabeça da medusa, 1922. *In*: FREUD, S. *Psicologia das massas e análise do eu e outros textos*. São Paulo: Companhia das Letras, 2011. v. 15. (Obras completas de Freud).

FREUD, S. Casos clínicos: Srta. Elisabeth von R.... 1895. *In*: FREUD, S. *Estudos sobre a histeria (1893-1895)*. São Paulo: Companhia das Letras, 2016. v. 2. (Obras completas de Freud).

FREUD, S. *O infamiliar*. 1919. Belo Horizonte: Autêntica, 2019b. (Obras incompletas de Sigmund Freud).

FREUD, S. O motivo da escolha dos cofrinhos. 1913. *In*: FREUD, S. *Arte, literatura e os artistas*. Belo Horizonte: Autêntica, 2017. (Obras incompletas de Sigmund Freud).

FREUD, S. *A interpretação dos sonhos*. 1900. São Paulo: Companhia das Letras, 2019a. v. 4. (Obras completas de Freud).

MEZAN, R. A sombra de D. Juan: a sedução como mentira e como iniciação. *In*: MEZAN, R. *A sombra de Don Juan e outros ensaios*. São Paulo: Brasiliense, 1993.

PAZ, O. *Os filhos do barro*: do romantismo à vanguarda. Rio de Janeiro: Nova Fronteira, 1984.

PONTALIS, J.-B.; MANGO, E. G. *Freud com os escritores*. São Paulo: Três Estrelas, 2014.

TODOROV, T. *Introdução à literatura fantástica*. São Paulo: Perspectiva, 2007.

VERNANT, J.-P.; VIDAL-NAQUET, P. *Mito e tragédia na Grécia antiga*. São Paulo: Perspectiva, 1999.

ŽIŽEK, S. *Eles não sabem o que fazem*: o sublime objeto da ideologia. São Paulo: Zahar, 1992.

NARRATIVA

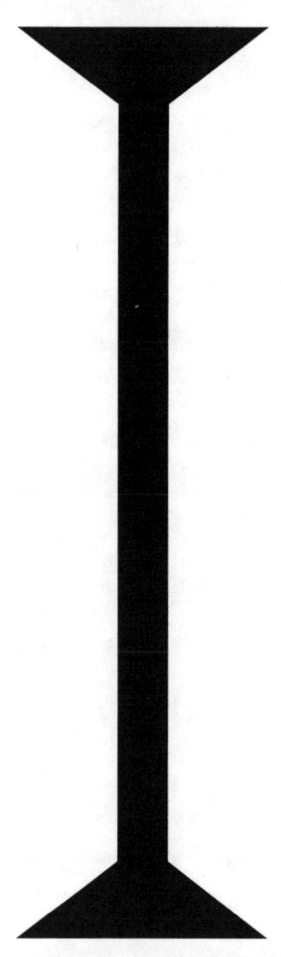

I

A VÊNUS DE ILLE

PROSPER MÉRIMÉE

TRADUÇÃO E NOTAS
ANDRÉIA MANFRIN

EU DESCIA O ÚLTIMO OUTEIRO DO CANIGOU E, MESMO DEPOIS DO PÔR DO SOL, DISTINGUIA NA PLANÍCIE AS CASAS DA PEQUENA CIDADE DE ILLE, EM DIREÇÃO À QUAL EU SEGUIA.

Ἴλεως, ἦν δ'ἐγώ, ἔστω ὁ ἀνδριὰς καὶ ἤπιος οὕτως ἀνδρεῖος ὤν.
ΛΟΥΚΙΑΝΟΥ ΦΙΛΟΨΕΥΔΗΣ[1]

---

1 "Que a estátua, eu disse, que tanto parece com o homem, seja favorável e benevolente. (Luciano, o Mentiroso)" (Tradução livre.)

— O senhor sabe onde mora o senhor de Peyrehorade? — perguntei ao catalão que me guiava desde a véspera.

— Se eu sei! — ele exclamou. — Conheço a casa dele como se fosse a minha e, se já não tivesse anoitecido, eu a mostraria ao senhor. É a mais bela de Ille. Ele tem dinheiro, esse senhor de Peyrehorade, e vai casar o filho com uma ainda mais rica do que ele.

— E esse casamento vai acontecer em breve? — perguntei.

— Muito em breve! Talvez os violinos já tenham sido contratados para as bodas. Esta noite, talvez, ou amanhã, ou depois de amanhã, quem sabe! A cerimônia acontecerá em Puygarrig, pois é a senhorita de Puygarrig que o filho desposa. Vai ser muito bonito!

O senhor de Peyrehorade tinha sido recomendado pelo senhor de P. Era, ele me disse, um antiquário muito culto e de uma complacência sem igual. Ele teria prazer em me mostrar todas as ruínas em um raio de dez léguas. E eu contava com ele para visitar os arredores de Ille, que sabia serem ricos em monumentos antigos e da Idade Média. Esse casamento, sobre o qual eu ouvia falar pela primeira vez, atrapalhava todos os meus planos.

"Vou ser um estraga-prazer", pensei. Mas estavam me esperando; anunciado pelo senhor de P., era preciso me apresentar.

— Vamos apostar, senhor — disse meu guia quando já tínhamos chegado à planície. — Apostemos um cigarro que eu adivinho o que o senhor vai fazer na casa do senhor de Peyrehorade.

— Mas isso não é muito difícil de adivinhar — respondi enquanto lhe oferecia um charuto. — A esta hora, depois de percorrermos seis léguas pelo Canigou, o grande desafio é conseguirmos jantar alguma coisa.

— Sim, mas e amanhã?... Veja, eu apostaria que o senhor veio a Ille para ver a estátua! Adivinhei isso ao vê-lo fotografar os santos de Serrabona.

— Estátua? Que estátua? — essa palavra tinha aguçado minha curiosidade.

— Como?! Não lhe contaram, em Perpignan, de que forma o senhor de Peyrehorade encontrou uma estátua de terra?

— O senhor se refere a uma estátua de barro, de argila?

— Não exatamente. Sim, ela é de cobre e pode render uma boa soma de dinheiro. Pesa tanto quanto um sino de igreja. Foi bem debaixo da terra, aos pés de uma oliveira, que nós a encontramos.

— Então o senhor estava presente no momento da descoberta?

— Sim, senhor. O senhor de Peyrehorade pediu, há quinze dias, a Jean Coll e a mim, que desenraizássemos uma velha oliveira que tinha congelado no ano passado, pois foi um ano bem ruim, como o senhor sabe. E eis que, enquanto trabalhava, Jean Coll, que se dedicava a fundo, deu uma picaretada e eu ouvi *bimmm...*, como se tivesse batido num sino. "O que é isso?", perguntei. Continuamos cavando, cavando sem parar, até que apareceu uma mão negra que parecia a mão de um morto saindo da terra. Fiquei apavorado. Fui até o patrão e disse a ele: "Há mortos sob a oliveira, patrão! Precisamos chamar o padre". "Que mortos?", ele perguntou. Então ele veio, mal viu a mão e disse: "Uma antiguidade! Uma antiguidade!". Parecia até que ele tinha encontrado um tesouro. Então ele se pôs a usar a picareta, as mãos, debatendo-se e trabalhando quase tanto quanto nós dois.

— Mas o que vocês encontraram?

— Uma grande mulher preta, mais da metade do corpo nu, e, com sua licença, senhor, toda de cobre; e o senhor de Peyrehorade disse que se tratava de uma estátua do tempo dos pagãos... Do tempo de Carlos Magno!

— Imagino o que seja... Alguma boa virgem de bronze de um convento destruído.

— Uma boa virgem! Ah, pois bem!... Eu a teria reconhecido se fosse uma boa virgem. É uma divindade, estou dizendo; é possível ver pela expressão do rosto. Ela olha fixamente com seus grandes olhos brancos... É como se nos encarasse. Chegamos a baixar os olhos ao olhar para ela.

— Olhos brancos? Sem dúvida estão incrustados no bronze. Talvez seja alguma estátua romana.

— Romana! É isso. O senhor de Peyrehorade diz que é romana. Ah! Estou vendo que o senhor é um especialista como ele.

— Ela está inteira, bem conservada?

— Oh, senhor! Não lhe falta nada. É ainda mais bonita e mais bem-feita do que o busto de Luís Filipe I, que está na prefeitura, em gesso pintado. Mas, apesar de tudo isso, a figura dessa divindade não me agrada. Ela tem um ar malvado... E é malvada também.

— Malvada! Que maldade ela fez ao senhor?

— Não a mim exatamente, mas o senhor verá. Nós nos ajoelhamos para colocá-la em pé, e o senhor de Peyrehorade também puxou a corda, ainda que não seja mais forte que um frango, o pobre homem! Com muita dificuldade, conseguimos colocá-la de pé. Eu estava empilhando alguns tijolos para apoiá-la quando, *cataploft!*, ela desabou para o outro lado. Eu disse: "Cuidado aí embaixo!", mas não fui rápido o bastante, pois Jean Coll não teve tempo de puxar a perna...

— E ele ficou ferido?

— Está quebrada igual a uma tábua, a pobre perna! Coitadinho! Quando vi aquilo, fiquei furioso. Eu queria destruir a estátua a machadadas, mas o senhor de Peyrehorade me deteve. Ele deu dinheiro a Jean Coll, que, apesar disso, ainda está de cama depois de quinze dias do acontecido, e o médico disse que ele nunca mais vai andar com essa perna como anda com a outra. É uma pena, ele era nosso melhor corredor e, depois do filho do patrão, o mais astuto jogador de pela[2]. Isso deixou o senhor Alphonse de Peyrehorade triste, pois era Coll quem jogava com ele. Era bonito de ver como eles lançavam as bolas um para o outro. *Paf! Paf!* Elas nunca tocavam o chão.

Chegamos a Ille conversando sobre o assunto, e logo me vi na presença do senhor de Peyrehorade. Era um velhote conservado, estava em boa forma, tinha a pele esbranquiçada, o nariz vermelho, um ar jovial e zombeteiro. Antes de abrir a carta do S. de P., ele me instalou diante de uma mesa farta e me apresentou à sua esposa e ao seu filho como um arqueólogo ilustre que salvaria Roussillon do esquecimento em que a indiferença dos pesquisadores o havia deixado.

Enquanto comia de bom grado, pois nada dá mais disposição do que o ar fresco das montanhas, eu examinava meus anfitriões. Fiz um breve comentário sobre o senhor de Peyrehorade; devo acrescentar que era de fato alguém de grande vivacidade. Ele falava, comia, se levantava, ia até sua biblioteca, trazia livros, me mostrava gravuras, me servia bebida; nunca ficava dois minutos em repouso. Sua esposa, um pouco gorda demais, como a maioria das catalãs depois dos quarenta anos, me pareceu uma verdadeira provinciana, ocupada unicamente com seu lar. Por mais que o jantar fosse suficiente para ao menos seis pessoas, ela correu para a cozinha, mandou assar pombos, fritar bolinhos de milho, abriu não sei quantos potes de compota. Num instante a mesa ficou atulhada de pratos e garrafas, e eu certamente morreria de indigestão se tivesse provado tudo o que me foi oferecido. Mas, a cada prato que eu recusava, vinham novos pedidos de desculpa. Existia

---

2   Jogo considerado um dos ancestrais do tênis, que consiste em atirar uma bola (a pela) de um lado para outro, com a mão ou com o auxílio de um instrumento (raquete ou bastão, por exemplo).

o medo de que eu me sentisse desconfortável em Ille. Na província há tão poucos recursos, e os parisienses são tão complicados!

Em meio às idas e vindas de seus pais, o senhor Alphonse de Peyrehorade não se mexia mais do que um busto de pedra. Era um homem grande de vinte e seis anos, com uma fisionomia bela e harmoniosa, mas inexpressiva. Sua altura e formas atléticas justificavam a reputação de jogador incansável de pela que ele tinha no país. Naquela noite ele estava vestido de forma elegante, exatamente como na gravura do último número do jornal da moda. Mas ele me parecia desconfortável com suas vestes. Estava duro feito uma estaca sob sua gola de veludo e só virava o corpo inteiro. Suas mãos grossas e bronzeadas, as unhas curtas, contrastavam de forma singular com o terno. Eram mãos de um lavrador saindo das mangas de um dândi. Aliás, mesmo me medindo da cabeça aos pés com muita curiosidade, por minha qualidade de parisiense, ele só me dirigiu a palavra uma vez durante toda a noite, e foi para me perguntar onde eu havia comprado a corrente do meu relógio.

— Ora! Meu caro hóspede — me disse o senhor de Peyrehorade —, como o jantar está terminando, o senhor pertence a mim, está em minha casa. Não o deixarei mais enquanto não for ver o que temos de curioso em nossas montanhas. O senhor precisa aprender a conhecer nosso Roussillon e render-lhe justiça. Não imagina o que vamos lhe mostrar. Monumentos fenícios, celtas, romanos, árabes, bizantinos, o senhor verá tudo, do cedro ao hissopo. Vou levá-lo para toda parte e não lhe esconderei um único tijolo.

Um acesso de tosse o obrigou a parar. Aproveitei para dizer que ficaria constrangido em incomodá-lo numa circunstância tão especial para sua família. Se ele quisesse me dar seus excelentes conselhos sobre as excursões que eu faria, eu poderia fazê-las sem que ele tivesse que me acompanhar...

— Ah, o senhor fala do casamento deste rapaz! — ele exclamou, me interrompendo. — Uma ninharia! O casamento acontecerá depois de amanhã. O senhor participará da cerimônia conosco, em família, pois a futura esposa está de luto por uma tia de quem é herdeira. Portanto, nada de festa, nada de baile... Uma pena... O senhor veria nossas catalãs dançarem... Elas são belas, e talvez o senhor sentisse vontade de imitar meu Alphonse. Um casamento leva a outros, dizem... No sábado, uma vez os jovens casados, estarei livre e poderemos partir. Peço desculpas por entediá-lo com uma cerimônia provinciana. Para um parisiense cansado de festas... E ainda um casamento sem baile! Mas o senhor verá uma noiva... Uma noiva... O senhor me dirá depois... Mas é um homem sério e não olha mais para as mulheres. Tenho coisa melhor do que isso para lhe mostrar. Vou lhe mostrar algo!... Tenho uma distinta surpresa para amanhã.

— Meu Deus! — respondi. — É difícil ter um tesouro em casa sem que o público o conheça. Acredito adivinhar a surpresa que o senhor me prepara. Mas se é da estátua que se trata, a descrição que meu guia fez só serviu para excitar minha curiosidade e me preparar para a admiração.

— Ah! Ele lhe falou do ídolo, pois é assim que eles chamam minha bela Vênus Tur... Mas não quero lhe dizer nada. Amanhã, à luz do dia, o senhor a verá e me dirá se tenho razão em considerá-la uma obra-prima. Por Deus! O senhor não poderia chegar em melhor hora! Há inscrições que eu, pobre ignorante, explico à minha maneira. Mas um estudioso de Paris!... O senhor talvez zombe de minha interpretação... Pois fiz um memorando... Eu... Um velho antiquário da província, me lancei... Quero imprimir muitas cópias... Se o senhor fizer a gentileza de ler e corrigir o que escrevi, posso esperar... Por exemplo, estou muito curioso para saber como o senhor traduziria esta inscrição na base: *CAVE*... Mas ainda não quero lhe perguntar nada! Amanhã, amanhã! Nenhuma palavra sobre a Vênus hoje!

— Tem razão em deixar seu ídolo para lá, Peyrehorade — disse sua esposa. — Você devia perceber que está impedindo esse senhor de comer. É certo que o senhor viu em Paris estátuas muito mais belas do que essa. No Tuileries há dúzias delas, e de bronze também.

— Eis aí a ignorância, a santa ignorância da província! — interrompeu o senhor de Peyrehorade. — Comparar um antiquário admirável às figuras planas de Coustou!

COM IRREVERÊNCIA
FALA DOS DEUSES MINHA DOMÉSTICA!³

— Sabia que minha esposa queria que eu fundisse minha estátua para transformá-la num sino para a nossa igreja? Ela seria a madrinha. Uma obra-prima de Myron, meu senhor!

— Obra-prima! Obra-prima! Ela fez uma bela obra-prima! Quebrar a perna de um homem!

— Minha esposa, está vendo isto aqui? — disse o senhor de Peyrehorade num tom resoluto, esticando na direção dela sua perna direita e vestindo meias de seda coloridas. — Se minha Vênus tivesse quebrado esta perna, eu não lamentaria.

— Por Deus! Como você pode dizer uma coisa dessas, Peyrehorade! Felizmente aquele homem está melhor... E não posso assumir a responsabilidade de olhar para a estátua que fez uma desgraça como essa. Pobre Jean Coll!

---

3 Paródia dos versos de Molière (1622-1673): "Com irreverência / Fala dos deuses esse patife" (*"Comme avec irrévérence / Parle des Dieux ce maraud!"*).

— Ferido por Vênus, senhor — disse o senhor de Peyrehorade, dando uma boa gargalhada —, ferido por Vênus, o patife se queixa disso.

VENERIS NEC PRÆMIA NORIS.[4]

Quem não foi ferido por Vênus?

O senhor Alphonse, que entendia melhor o francês do que o latim, piscou com um ar de inteligência, e olhou para mim como se me perguntasse: "E o senhor, parisiense, entende?".

O jantar tinha terminado. Houve uma hora que eu não comia mais. Estava cansado e não conseguia esconder os frequentes bocejos que me escapavam. A senhora de Peyrehorade foi a primeira a perceber e observou que já estava na hora de irmos dormir. Então começaram as novas desculpas sobre o alojamento ruim que eu teria. Não me sentiria como em Paris. Na província nos sentimos tão mal! Era preciso ter indulgência com os habitantes de Roussillon. Não importa o quanto eu protestasse, dizendo que depois de uma longa caminhada pelas montanhas um fardo de palha me serviria de delicioso leito, eles continuavam a me pedir para desculpar os pobres camponeses, caso não me tratassem tão bem quanto desejariam. Finalmente subi até o quarto que me era destinado, acompanhado pelo senhor de Peyrehorade. A escada, cujos degraus superiores eram de madeira, terminava no meio de um corredor que levava a diversos quartos.

— À direita — disse meu anfitrião — fica o quarto destinado à futura senhora Alphonse. Seu quarto fica no final do corredor oposto. O senhor entende bem — ele acrescentou com um ar que queria parecer fino — que é preciso isolar os recém-casados. O senhor está num extremo da casa, eles estão no outro.

---

4   "As prendas de Vênus não conhecerás." (Tradução livre.)

Entramos num quarto bem mobiliado, onde o primeiro objeto que avistei foi uma cama comprida, com sete pés de comprimento e dez de largura[5], e tão alta que era necessário um escabelo para se apoiar. Meu anfitrião indicou a posição da campainha e, certificando-se pessoalmente de que o açucareiro estava cheio, os frascos de água-de-colônia devidamente organizados sobre o toucador, e depois de me perguntar diversas vezes se não me faltava nada, me desejou boa-noite e me deixou sozinho.

As janelas estavam fechadas. Antes de me despir, abri uma delas para respirar o ar fresco da noite, delicioso após um longo jantar. Em frente estava o Canigou, com um aspecto admirável a todo momento, mas naquela noite me pareceu a mais bela montanha do mundo, iluminada por uma lua resplandecente. Permaneci alguns minutos contemplando sua silhueta maravilhosa e ia fechar a janela quando, ao baixar os olhos, avistei a estátua sobre um pedestal, a umas vinte toesas[6] da casa. Ela estava disposta no canto de uma sebe viva que separava um pequeno jardim de uma vasta superfície perfeitamente unida que, soube mais tarde, servia como espaço para o jogo de pela da cidade. Esse terreno, de propriedade do senhor de Peyrehorade, havia sido cedido por ele ao município após insistentes solicitações de seu filho.

Da distância em que eu estava, era difícil distinguir a postura da estátua; eu não conseguia julgar com precisão sua altura, que me pareceu ser de aproximadamente seis pés[7]. Neste momento, dois traquinas da cidade passavam sobre o local do jogo, muito perto da

---

5   Aproximadamente 2,13 metros de comprimento e 3,05 metros de largura.

6   Aproximadamente 39 metros.

7   Aproximadamente 1,82 metro.

sebe, assoviando a bela ária de Roussillon: *Montagnes régalades*[8]. Eles pararam para olhar a estátua; um deles a apostrofou em voz alta. Ele falava em catalão, mas eu já estava no Roussillon há tempo suficiente para entender mais ou menos o que ele dizia.

— Aí está você, sua malandra! (O termo em catalão era mais enérgico.) — ele disse. — Então foi você quem quebrou a perna de Jean Coll! Se você fosse minha, eu quebrava seu pescoço.

— Bah! Com o quê? — disse o outro. — Ela é de cobre e tão dura que Étienne quebrou a lima nela, tentando destruí-la. É cobre do tempo dos pagãos; mais duro do que não sei o quê.

— Se eu estivesse com meu cinzel (parece que era um aprendiz de serralheiro), faria os grandes olhos brancos dela saltarem rapidinho, como se tirasse uma amêndoa da casca. Tem mais de cem soldos nela.

Eles se distanciaram alguns passos.

— Preciso desejar boa-noite à divindade — disse o maior dos aprendizes, parando de repente.

Ele se abaixou e pegou uma pedra. Vi quando desdobrou o braço, jogou alguma coisa e logo um golpe sonoro ressoou no bronze. No mesmo instante o aprendiz levou a mão à cabeça e soltou um grito de dor.

— Ela me jogou a pedra de volta! — ele bradou.

E meus dois malandros fugiram a toda velocidade. Era evidente que a pedra tinha ricocheteado sobre o metal e punido esse curioso ultraje que ele fez à deusa.

Fechei a janela, rindo alegremente.

— Mais um vândalo punido por Vênus! Que todos os destruidores de nossos velhos monumentos quebrem a cabeça assim! — e adormeci sob esse desejo caridoso.

---

8   Canção popular catalã que faz referência ao maciço do Canigou, evocando seu frescor e seus cursos de água. O título correto da canção seria "Muntanyes régalades" [Montanhas queridas].

O dia já estava alto quando acordei. Ao redor de meu leito estavam, de um lado, o senhor de Peyrehorade, de robe; de outro, um empregado, enviado por sua esposa, com uma xícara de chocolate quente na mão.

— Vamos, levante-se, parisiense! Ah, esses preguiçosos da capital! — dizia meu anfitrião enquanto eu me vestia depressa. — São oito horas e você ainda está na cama. Eu já estou acordado desde as seis. Já subi três vezes; me aproximei de sua porta na ponta dos pés: nada, nenhum sinal de vida. Vai lhe fazer mal dormir tanto na sua idade. E o senhor ainda não viu minha Vênus! Vamos, tome logo essa xícara de chocolate de Barcelona... Um verdadeiro contrabando... Chocolate como esse não existe em Paris. Recupere suas energias, pois, quando estiver diante de minha Vênus, ninguém conseguirá arrancá-lo de lá.

Fiquei pronto em cinco minutos, digo, mal barbeado, com os botões mal fechados e queimado pelo chocolate quente, que engoli fervendo. Desci até o jardim e me vi em face de uma estátua admirável.

Era de fato uma Vênus, e de uma fantástica beleza. Tinha o dorso nu, como os antigos costumavam representar as grandes divindades; a mão direita, na altura do seio, estava virada com a palma para dentro, o dedão e os dois primeiros dedos estendidos, os dois outros ligeiramente dobrados. A outra mão, próxima do quadril, segurava o tecido que cobria a parte inferior do corpo. A postura dessa estátua lembrava a do jogador de morra[9] designado, não sei exatamente o motivo, com o nome de Germanicus. Talvez tenham tentado representar a deusa jogando morra.

De todo modo, é impossível ver algo mais perfeito do que o corpo dessa Vênus; nada mais suave, mais voluptuoso que seus contornos; nada mais elegante

---

9   Jogo que consiste em adivinhar a soma dos números mostrados com os dedos pelos jogadores.

e nobre que sua vestimenta. Eu esperava ver alguma obra do Baixo Império, mas estava diante de uma obra dos melhores tempos das estátuas. O que me chocou, sobretudo, foi a requintada verdade das formas, de modo que era possível acreditar que tinham sido moldadas pela natureza, se a natureza produzisse modelos tão perfeitos.

Os cabelos levantados na fronte pareciam já ter sido dourados. A cabeça, pequena como a de quase todas as estátuas gregas, estava levemente inclinada para a frente. Quanto ao rosto, jamais conseguirei expressar seu caráter estranho; não se assemelhava ao de alguma estátua antiga de que tenho lembrança. Não era essa beleza calma e severa dos escultores gregos que, como método, davam a todos os traços uma majestosa imobilidade. Aqui, ao contrário, eu observava com surpresa a intenção marcada do artista em dar-lhe malícia, beirando a maldade. Todos os traços eram levemente contraídos: os olhos um pouco oblíquos, a boca elevada nos cantos, as narinas um pouco inchadas. Liam-se desdém, ironia, crueldade nesse rosto que, todavia, era de uma incrível beleza. Na verdade, quanto mais se olhava para essa admirável estátua, mais se tinha o sentimento doloroso de que uma tão maravilhosa beleza pudesse se aliar à ausência de qualquer sensibilidade.

— Se a modelo já existiu — eu disse ao senhor de Peyrehorade —, e duvido que o céu já tenha produzido tal mulher, como lamento por seus amantes! Ela deve ter se divertido em fazê-los morrer de desespero. E há em sua expressão algo de feroz, ainda que eu nunca tenha visto algo tão belo.

— É Vênus inteiramente amarrada à sua presa! — exclamou o senhor de Peyrehorade, satisfeito com meu entusiasmo.

Essa expressão de infernal ironia ficava mais intensa, talvez pelo contraste de seus olhos incrustados de prata e muito brilhantes com a platina de um verde-

-escuro que o tempo tinha dado a toda a estátua. Esses olhos brilhantes produziam certa ilusão que remetia à realidade, à vida. Lembrei-me do que tinha me dito meu guia, que a estátua fazia baixarem os olhos daqueles que a miravam. Isso era quase verdade e não consegui impedir um movimento de raiva contra mim mesmo ao me sentir pouco à vontade diante dessa figura de bronze.

— Agora que o senhor já admirou tudo em detalhe, meu caro colega de velharias — disse meu anfitrião —, por favor, iniciemos uma conferência científica. O que me diz dessa inscrição em que o senhor ainda não prestou atenção?

Ele apontou para o pedestal da estátua, e li estas palavras:

CAVE AMANTEM.

— *Quid dicis, doctissime?*[10] — ele me perguntou, esfregando as mãos. — Vejamos se concordaremos com o sentido desse *cave amantem*!

— Há dois sentidos — respondi. — Podemos traduzir por: "Tenha cuidado com quem te ama, desconfie dos amantes". Mas, nesse sentido, não sei se *cave amantem* teria uma boa latinidade. Vendo a expressão diabólica da dama, acreditaria mais que o artista quis chamar a atenção do espectador contra essa terrível beleza. Então, traduziria por: "Tenha cuidado se ela te ama".

— Hum! — fez o senhor de Peyrehorade. — Sim, é um sentido admissível; mas, se não se importa, prefiro a primeira tradução, que, contudo, desenvolverei. O senhor conhece o amante de Vênus?

— Há muitos.

— Sim, mas o primeiro foi Vulcano. Será que a intenção não foi dizer: "Apesar de toda sua beleza, seu

---

10 "O que me diz, sapientíssimo?" (Tradução livre.)

ar desdenhoso, você terá um forjador, um coxo como amante"? Uma profunda lição para as vaidosas, senhor!

Não pude conter um sorriso de tanto que a explicação me pareceu exagerada.

— O latim é uma língua terrível com sua concisão — observei para evitar contradizer formalmente meu antiquário, e recuei alguns passos a fim de contemplar melhor a estátua.

— Um instante, colega! — disse o senhor de Peyrehorade me segurando pelo braço. — O senhor ainda não viu tudo. Há mais uma inscrição. Suba no pedestal e olhe para o braço direito — ele disse e me ajudou a subir.

Agarrei-me de forma desajeitada no pescoço da Vênus, com quem começava a me familiarizar. Olhei-a por um instante bem *debaixo do nariz* e, de perto, achei-a ainda mais perversa e mais bela. Depois reconheci, gravados sob o braço, alguns caracteres de escrita cursiva antiga, ao que me pareceu. Com o reforço do meu lornhão, soletrei o seguinte, enquanto o senhor de Peyrehorade repetia cada palavra à medida que eu as pronunciava, aprovando com sinais e com a voz. Eu li o seguinte:

VENERI TVRBVL...
EVTYCHES MYRO
IMPERIO FECIT.

Depois da palavra TVRBVL da primeira linha, pareceu-me ver duas letras apagadas; mas *TVRBVL* estava perfeitamente legível.

— O que significa...? — perguntou meu anfitrião, radiante e sorrindo de forma maliciosa, pois ele acreditava que eu não me safaria facilmente desse *TVRBVL*.

— Há uma palavra que ainda não sei decifrar — respondi. — Mas todo o resto é fácil. Eutychès Myron fez essa oferta a Vênus por ordem dela.

— Primoroso. Mas e *TVRBVL*, o que o senhor acha disso? O que é *TVRBVL*?

— *TVRBVL* me deixa muito desconcertado. Busco em vão algum epíteto conhecido de Vênus que possa me ajudar. Vejamos, o que o senhor diria de *TVRB-VLENTA*? Vênus que transtorna, que agita... O senhor percebe que estou sempre preocupado com sua expressão perversa. *TVRBVLENTA* não é um epíteto ruim para Vênus — acrescentei num tom modesto, pois eu mesmo ainda não estava totalmente satisfeito com minha explicação.

— Vênus turbulenta! Vênus, a escandalosa! Ah, o senhor acha que minha Vênus é uma Vênus de cabaré? De modo algum, senhor; é uma Vênus de boa companhia. Mas vou explicar esse *TVRBVL*... Ao menos o senhor deve me prometer não divulgar minha descoberta antes da impressão do meu memorando. É que me vanglorio dessa descoberta... O senhor precisa nos deixar algumas espigas de milho para colher, nós, os pobres diabos provincianos. Os senhores, sábios de Paris, são tão ricos!

Do alto do pedestal, onde eu ainda estava empoleirado, prometi-lhe solenemente que jamais teria a indignidade de roubar sua descoberta.

— *TVRBVL*..., senhor — disse ele enquanto se aproximava e baixava a voz com medo de que alguém além de mim pudesse ouvi-lo —, leia *TVRBVLNERÆ*.

— Continuo sem entender.

— Ouça. A uma légua daqui, no pé da montanha, há um vilarejo chamado Boulternère. É uma deturpação da palavra latina *TVRBVLNERA*. Nada é mais comum do que essas inversões. Boulternère, senhor, era uma cidade romana. Sempre desconfiei disso, mas nunca tive a prova. Eis a prova. Essa Vênus era a divindade tópica da cidade de Boulternère; e essa palavra, que acabo de demonstrar ser de origem antiga, prova uma coisa muito mais curiosa: que Boulternère, antes de ser uma cidade romana, foi uma cidade fenícia!

Ele parou um instante para respirar e zombar de minha surpresa. Consegui reprimir um forte desejo de rir.

— De fato — ele prosseguiu —, *TVRBVLNERA* é puramente fenício, *TVR*, pronuncia-se *TOUR*... *TOUR* e *SOUR*, mesma palavra, certo? *SOUR* é o nome fenício de Tiro; não preciso lembrá-lo do sentido. *BVL*, significa Bal, Bâl, Bel, Bul, sutis diferenças de pronúncia. Quanto a *NERA*, tenho um pouco de dificuldade. Estou tentado a acreditar, por não encontrar uma palavra fenícia, que isso vem do grego νηρός, úmido, pantanoso. Então seria uma palavra híbrida. Para justificar νηρός, vou lhe mostrar em Boulternère como os riachos da montanha formam lagos infectos. Por outro lado, a terminação *NERA* poderia ter sido acrescentada muito tempo depois em homenagem a Nera Pivesuvia, esposa de Tétrico, que teria feito alguma benfeitoria à cidade de Turbul. Mas, por causa dos lagos, prefiro a etimologia de νηρός.

Ele tragou um cigarro com ar de satisfação.

— Mas deixemos os fenícios e voltemos à inscrição. Eu traduzo: "À Vênus de Boulternère, Myron dedica, por sua ordem, essa estátua, sua obra".

Eu me continha para não criticar sua etimologia, mas, por minha vez, quis demonstrar penetração e disse-lhe:

— Alto lá, senhor! Myron consagrou algo, mas não vejo como poderia ser essa estátua.

— Como! — ele exclamou. — Myron não foi um famoso escultor grego? O talento teria se perpetuado em sua família: um de seus descendentes teria feito essa estátua. Nada é mais certo do que isso.

— Mas — respondi — vejo um pequeno buraco no braço. Acho que ele foi usado para fixar alguma coisa, um bracelete, por exemplo, que esse Myron deu à Vênus como uma oferenda expiatória. Myron era um infeliz amante. Vênus estava irritada com ele; ele a acalmou lhe oferecendo um bracelete de ouro. Perceba que *fecit* é frequentemente tomado por *consecravit*. São termos sinônimos. Eu lhe apresentaria mais de um exemplo se tivesse em mãos Gruter ou Orellius. É natural que um apaixonado veja Vênus em sonho, que imagine que ela o aconselhou a dar um bracelete de ouro à sua estátua. Myron lhe concedeu um bracelete... Depois os bárbaros ou algum ladrão sacrílego...

— Ah, nota-se bem que o senhor fez romances! — meu anfitrião exclamou enquanto me dava a mão para descer. — Não, senhor, essa é uma obra da escola de Myron. Veja apenas o trabalho, e o senhor concordará.

Tendo criado para mim mesmo uma lei para nunca contradizer de forma ultrajante os antiquários obstinados, abaixei a cabeça com um ar convencido e disse:

— É uma peça admirável!

— Ah, meu Deus! — o senhor de Peyrehorade exclamou. — Mais um vestígio de vandalismo! Jogaram uma pedra em minha estátua!

Ele tinha acabado de perceber uma marca branca um pouco acima do seio da Vênus. Notei outra marca parecida nos dedos da mão direita que, como supus, ou tinham sido tocados durante a trajetória da pedra ou, então, haviam sido ricocheteados na mão por um fragmento solto com o choque. Relatei ao meu anfitrião o insulto de que fui testemunha, e a punição imediata que resultou disso. Ele riu muito e, comparando o aprendiz a Diomedes, desejou que ele visse, como os heróis gregos, todos os seus companheiros transformados em pássaros brancos.

O sino do desjejum interrompeu essa conversa clássica e, assim como na véspera, fui obrigado a comer por quatro. Depois chegaram agricultores do senhor de Peyrehorade e, enquanto ele os atendia, seu filho me levou para ver uma charrete que ele tinha comprado em Toulouse para sua noiva, e que achei admirável, é evidente. Em seguida entrei com ele no estábulo, onde me manteve durante meia hora, vangloriando-se de seus cavalos, explicando a genealogia deles, contando sobre os prêmios que ganharam nas corridas do departamento. Finalmente ele me falou de sua futura esposa pela transição de um jumento cinza destinado a ela.

— Nós a veremos hoje — disse. — Não sei se o senhor vai achá-la bonita. Vocês são exigentes em Paris; mas todo mundo, aqui em Perpignan, a considera charmosa. O bom é que ela é bem rica. Sua tia de Prades deixou todos os bens para ela. Oh, serei muito feliz!

Fiquei profundamente chocado em ver um homem parecer mais emocionado com o dote do que com os belos olhos de sua futura esposa.

— O senhor é um profundo conhecedor de joias — prosseguiu o senhor Alphonse —, o que acha desta? É o anel que vou oferecer a ela amanhã.

Ao dizer isso, ele tirou da primeira falange de seu mindinho um grosso anel cravado de diamantes, que formava duas mãos entrelaçadas; alusão que me pareceu infinitamente poética. O trabalho era antigo, mas julguei que foi retocado para incluir os diamantes. No interior do anel, era possível ler estas palavras em letras góticas: *Sempr'ab ti*, que significa "Sempre com você".

— É um belo anel — eu disse. — Mas esses diamantes o fizeram perder um pouco da sua personalidade.

— Oh, está muito mais bonito assim! — ele respondeu sorrindo. — Há duzentos francos de diamantes nele. Foi minha mãe quem me deu. Era um anel de família, muito antigo... Do tempo da cavalaria. Ele foi da minha avó, que o herdou da sua. Só Deus sabe quando foi feito.

— O hábito em Paris — eu disse — é dar um anel bem simples, ordinariamente composto por dois metais diferentes, como ouro e platina. Veja, esse outro anel que o senhor tem no dedo seria bastante conveniente. Este aqui, com todos os diamantes e as mãos em relevo, e grosso desse jeito, não permitiria colocar uma luva por cima.

— Oh! A senhora Alphonse vai se resolver como preferir. Acredito que ela ficará contente em recebê-lo. Duzentos francos no dedo é algo agradável. Este anelzinho aqui — acrescentou olhando com um ar de satisfação para o anel liso que tinha na mão — foi uma mulher de Paris quem me deu, num dia de carnaval. Ah, como me regalei quando estive em Paris há dois anos! É lá que está a diversão!... — ele suspirou lamentando.

Íamos almoçar em Puygarrig, na casa dos pais da futura esposa; subimos na charrete e seguimos para a residência que ficava a aproximadamente uma légua e meia de Ille. Fui apresentado e recebido como um amigo da família. Não falarei do almoço nem da conversa que se seguiu e da qual participei um pouco. O senhor Alphonse, sentado ao lado da futura esposa, falava-lhe ao pé do ouvido a cada quinze minutos. A moça mal levantava os olhos e, cada vez que seu pretendente lhe falava, ela corava modestamente, mas lhe respondia sem constrangimento.

A senhorita de Puygarrig tinha dezoito anos; sua forma leve e delicada contrastava com as formas ossudas de seu robusto noivo. Ela era não apenas bela, mas também sedutora. Eu admirava a perfeita naturalidade de suas respostas e seu ar bondoso, que, contudo, não isento de um leve tom de malícia, me lembrou da Vênus de meu anfitrião. Com essa comparação que fiz sozinho, me perguntei se a beleza superior que era preciso acordar à estátua não se devia, em grande parte, à sua expressão de tigresa; pois a energia, mesmo nas paixões nocivas, excita sempre em nós uma surpresa e uma espécie de admiração involuntária.

"Que lamentável", pensei ao deixar Puygarrig, "que uma pessoa tão amável seja rica, e que seu dote a faça procurar por um homem indigno dela!".

Ao chegar de volta a Ille, não sabia muito bem o que dizer à senhora de Peyrehorade, mas era conveniente que eu lhe endereçasse a fala:

— Vocês são muito determinados em Roussillon! — exclamei. — Como a senhora vai realizar um casamento numa sexta-feira? Em Paris nós seríamos mais supersticiosos; ninguém ousaria desposar uma mulher nesse dia.

— Meu Deus, nem me fale! — ela disse. — Se dependesse apenas de mim, certamente teríamos escolhido outro dia. Peyrehorade quis assim e foi preciso ceder. Mas isso me entristece. E se acontecer algum infortúnio? Deve haver uma boa razão; afinal, por que todo mundo tem medo da sexta-feira?

— Sexta-feira! — exclamou o marido. — É o dia de Vênus! Um bom dia para o casamento! O senhor vê, meu caro colega, que só penso em minha Vênus. Uma honra! Foi por causa dela que escolhi a sexta-feira. Amanhã, se o senhor quiser, antes da cerimônia, faremos um pequeno sacrifício em nome dela; sacrificaremos dois pombos-torcazes, e se eu soubesse onde encontrar incenso...

— Ora essa, Peyrehorade! — sua esposa o interrompeu, absolutamente escandalizada. — Incensar uma divindade! Isso seria uma abominação! O que vão falar de nós em toda a província?

— Ao menos — disse o senhor de Peyrehorade — você vai me permitir colocar sobre a cabeça dela uma coroa de rosas e de flor de lis:

Manibus date lilia plenis.[11]

"O senhor vê, a Constituição é vã. Não temos a liberdade dos cultos!"

As providências do dia seguinte foram tomadas desta forma: todos deviam estar prontos e arrumados às dez horas em ponto. Depois de tomarmos o chocolate quente, iríamos de carro até Puygarrig. O casamento civil se realizaria na prefeitura do vilarejo e a cerimônia religiosa, na capela da residência. Em seguida, seria oferecido um almoço. Após o almoço, passaríamos o

---

11 "De mãos largas dai lírios." (Tradução livre.) Trata-se de um trecho de um verso de Virgílio (*Eneida*, VI, 883).

tempo como bem quiséssemos até as sete horas. Às sete, retornaríamos a Ille, para a casa do senhor de Peyrehorade, onde as duas famílias jantariam juntas. O restante seguiria o curso natural. Sem poder dançar, decidiriam comer o máximo que conseguissem.

Desde as oito eu estava sentado diante da Vênus, um lápis na mão, recomeçando pela vigésima vez a cabeça da estátua, sem conseguir captar sua expressão. O senhor de Peyrehorade ia e vinha à minha volta, dava-me conselhos, repetia suas etimologias fenícias; depois dispunha rosas de Bengala sobre o pedestal da estátua e, num tom tragicômico, dirigia-lhe votos para o casal que viveria sob seu teto. Por volta das nove horas, ele entrou para cuidar da sua *toilette* e, ao mesmo tempo, surgiu o senhor Alphonse, bem apertado numa vestimenta nova, usando luvas brancas, sapatos envernizados, botões cinzelados e uma rosa na botoeira.

— O senhor pintaria o retrato de minha esposa? — ele me perguntou, inclinando-se sobre meu desenho. — Ela também é bonita.

Nesse momento, começava, sobre o gramado do jogo de pela de que falei, uma partida que chamou a atenção do senhor de Peyrehorade de imediato. E eu, cansado e sem esperança de conseguir criar essa diabólica figura, logo deixei meu desenho para assistir ao jogo. Havia entre os jogadores alguns condutores de mulas espanhóis que tinham chegado na véspera. Eram aragoneses e navarros, quase todos de uma localidade maravilhosa. E também os habitantes de Ille que, apesar de encorajados pela presença e pelos conselhos do senhor Alphonse, foram rapidamente derrotados por esses novos campeões. Os espectadores nacionais estavam consternados. O senhor Alphonse olhou para o relógio. Ainda eram nove e meia. Sua mãe ainda não estava pronta. Ele não hesitou mais: tirou sua casaca, pediu um casaco e desafiou os espanhóis. Eu o via fazer aquilo sorrindo, e um pouco surpreso.

— É preciso defender a honra do país — ele disse.

Achei-o verdadeiramente belo. Ele estava apaixonado. Sua *toilette*, que tanto o ocupara há pouco, não lhe tinha mais serventia. Alguns minutos antes ele estava com medo de virar a cabeça e desarrumar a gravata. Agora ele não pensava mais em seus cabelos bagunçados nem no babado tão bem dobrado de sua camisa. E sua noiva?... Juro que se fosse necessário ele teria, acredito eu, adiado o casamento. Vi-o calçar rapidamente um par de sandálias, dobrar as mangas da blusa e, com um ar seguro, se colocar à frente da partida, como César reunindo seus soldados em Dirráquio. Saltei a cerca e me posicionei comodamente à sombra de um lódão, de modo a enxergar bem os dois campos.

Contra a expectativa geral, o senhor Alphonse perdeu a primeira bola; é fato que ela veio rente ao chão, lançada com uma força surpreendente por um aragonês que parecia ser o chefe dos espanhóis.

Era um homem de aproximadamente quarenta anos, seco e nervoso, medindo uns seis pés[12] de altura, e cuja pele oliva tinha uma tonalidade quase tão escura quanto o bronze da Vênus.

O senhor Alphonse atirou sua raquete no chão, furioso.

— Esse maldito anel me apertando o dedo me fez perder uma bola fácil! — ele exclamou.

Com dificuldade, arrancou seu anel de diamantes: aproximei-me para pegá-lo, mas ele se antecipou, correu até a Vênus, colocou o anel em seu dedo anelar e retomou seu posto à frente dos habitantes de Ille.

Ele estava pálido, mas calmo e resoluto. A partir de então, não cometeu mais nenhum erro, e os espanhóis foram totalmente derrotados. Foi um belo espetáculo o entusiasmo dos espectadores: alguns soltavam mil gritos de alegria, lançando seus chapéus para o alto;

---

12 Aproximadamente 1,82 metro.

outros cerravam as mãos, dizendo que ele era o orgulho do país. Duvido que recebesse cumprimentos mais vibrantes e sinceros se tivesse evitado uma invasão. O sofrimento dos derrotados dava ainda mais brilho à sua vitória.

— Jogaremos outras partidas, meu caro — ele disse ao aragonês num tom de superioridade —, mas lhe devolverei alguns pontos.

Eu desejaria que o senhor Alphonse tivesse sido mais modesto e quase senti piedade pela humilhação de seu rival.

O gigante espanhol sentiu esse insulto de forma profunda. Vi-o empalidecer sob a pele morena. Ele olhava para sua raquete com um ar morno e cerrava os dentes; depois, com uma voz abafada, disse bem baixinho: *Me lo pagarás*[13].

A voz do senhor de Peyrehorade perturbou o triunfo do seu filho; meu anfitrião, muito surpreso por não o encontrar à frente dos preparativos da nova caleche, ficou ainda mais surpreso ao vê-lo todo suado e segurando uma raquete. O senhor Alphonse correu para casa, lavou o rosto e as mãos, vestiu novamente a roupa nova e os sapatos envernizados, e, cinco minutos depois, trotávamos em direção a Puygarrig. Todos os jogadores de pela da cidade e muitos dos espectadores nos acompanharam soltando gritos de felicidade. Somente os vigorosos cavalos que nos conduziam conseguiam manter a dianteira em face desses intrépidos catalães.

Chegamos a Puygarrig. O cortejo ia seguir em direção à prefeitura quando o senhor Alphonse, dando um tapa na própria testa, me disse em voz baixa:

— Que imbecil! Esqueci o anel! Ele ficou no dedo da Vênus. Que o diabo o carregue! Não diga nada à minha mãe. Talvez ela não perceba.

— O senhor poderia enviar alguém até lá — eu disse.

---

13 "Você vai pagar por isso." (Tradução livre.)

— Bah! Meu criado ficou em Ille. Nestes aqui não confio. São duzentos francos em diamantes! Isso poderia tentar mais de um. Além do mais, o que poderiam pensar da minha distração? Eles zombariam muito de mim. Me chamariam de marido da estátua... Espero que não o roubem! Felizmente meus amigos têm medo da divindade. Eles não ousam se aproximar a menos de um braço de distância. Bah, não importa, tenho outro anel!

As duas cerimônias, civil e religiosa, foram cumpridas com a pompa adequada, e a senhorita de Puygarrig recebeu o anel de uma modista de Paris sem duvidar de que seu noivo sacrificava uma prova de amor que havia recebido. Depois nos sentamos à mesa, bebemos, comemos, até cantamos, e tudo isso durou um bom tempo. Eu sofria pela noiva ao ver a grande alegria que explodia ao redor dela; porém ela manteve uma compostura que eu mesmo não esperava, e não havia nela nem embaraço, nem afetação.

Talvez a coragem venha com as situações difíceis.

O almoço terminou quando Deus quis, às quatro horas, e os homens foram passear no parque, que era magnífico. Sobre a grama da residência, viram dançar as camponesas de Puygarrig, paramentadas com suas roupas de festa. E assim permanecemos durante algumas horas. Enquanto isso, as mulheres estavam muito solícitas com a noiva, que lhes fazia admirar suas prendas do casamento. Depois ela trocou de roupa e percebi que cobriu seus belos cabelos com uma touca e um chapéu de penas; as mulheres têm pressa de vestir, o mais rápido possível, os adereços que a tradição as impede de usar quando ainda são donzelas.

Eram quase oito horas quando as pessoas se dispuseram a retornar a Ille. Mas primeiro aconteceu uma cena patética. A tia da senhorita de Puygarrig, que era como se fosse sua mãe, uma mulher muito idosa e bastante devota, não iria conosco para Ille. No início, ela fez à sobrinha um sermão tocante sobre seus deveres de esposa, e esse sermão resultou numa torrente de lágrimas e abraços sem fim. O senhor de Peyrehorade comparou essa separação ao rapto das Sabinas. Mesmo assim partimos e, ao longo do caminho, todos se esforçaram em distrair e fazer a noiva rir; mas foi em vão.

Em Ille o jantar nos aguardava, e que jantar! Se a grande alegria da manhã tinha me deixado em choque, fiquei ainda mais embasbacado com os equívocos e as brincadeiras de que o noivo e a noiva foram alvo. O noivo, que tinha desaparecido um instante antes de se sentar à mesa, estava pálido e com uma seriedade indiferente. Ele bebia sem cessar o velho vinho de Collioure, quase tão forte quanto aguardente. Eu estava do lado dele e me senti obrigado a adverti-lo:

— Cuidado! Dizem que o vinho...

Não sei que bobagem disse para me unir aos convivas. Ele cutucou meu joelho e me disse bem baixinho:

— Quando sairmos da mesa... quero lhe falar.

O tom solene me surpreendeu. Olhei-o com mais atenção e percebi a estranha mudança de seus traços.

— O senhor está indisposto? — perguntei.

— Não.

E ele voltou a beber.

Enquanto isso, em meio a gritos e palmas, uma criança de onze anos, que tinha escorregado para baixo da mesa, mostrava aos assistentes uma bela fita branca e rosa que tinha acabado de desamarrar do tornozelo da noiva. Chamam isso de jarreteira. Ela logo foi cortada em pedaços e distribuída entre as pessoas jovens, que decoraram suas botoeiras, seguindo uma antiga tradição que ainda é conservada por algumas famílias patriarcais. A noiva corou até o branco dos olhos... Mas a agitação estava no auge quando o senhor de Peyrehorade, pedindo silêncio, cantou para ela alguns versos catalães, de improviso, segundo ele disse. A tradução seria esta, se entendi bem:

— O que é isso, meus amigos? O vinho que bebi me faz ver tudo duplicado? Há duas Vênus aqui...

O noivo virou a cabeça bruscamente, com um ar estarrecido que fez todo mundo rir.

— Sim — prosseguiu o senhor de Peyrehorade —, há duas Vênus sob meu teto. Uma eu encontrei na terra, como uma trufa; a outra desceu dos céus e acaba de dividir conosco sua cinta.

Ele queria dizer sua jarreteira.

— Meu filho, escolha entre a Vênus romana e a catalã a que você preferir. O biltre escolhe a catalã e fica com a melhor parte. A romana é preta, a catalã é branca. A romana é fria, a catalã incendeia tudo o que se aproxima dela.

Essa bomba excitou um urra, aplausos tão barulhentos e risos tão sonoros que achei que o teto fosse desabar. Em volta da mesa havia apenas três rostos sérios: os dos noivos e o meu. Eu estava com uma enorme dor de cabeça; além disso, não sei por que motivo um casamento sempre me entristece e este, além de tudo, me dava um pouco de desgosto.

As últimas estrofes foram cantadas pelo adjunto do presidente da autarquia e eram bastante inconvenientes, devo dizer. Depois, passamos para o salão, para desfrutar da partida da noiva, que logo seria conduzida ao seu quarto, pois já era quase meia-noite.

O senhor Alphonse me puxou até a fresta de uma janela e me disse, desviando os olhos:

— O senhor vai rir de mim... Mas não sei o que tenho... Estou enfeitiçado! O diabo tomou conta de mim!

O primeiro pensamento que tive foi de que ele se sentia ameaçado por algum infortúnio, do tipo de que falam Montaigne e Madame de Sévigné:

"Todo império amoroso está repleto de histórias trágicas" etc. "Eu achava que esses acidentes só aconteciam com pessoas espirituosas", pensei comigo mesmo.

— O senhor bebeu muito vinho de Collioure, meu caro senhor Alphonse — respondi. — Eu avisei.

— Sim, talvez. Mas é algo muito mais terrível.

Sua voz estava entrecortada. Achei que ele estivesse completamente embriagado.

— Sabe meu anel? — ele prosseguiu após um silêncio.

— E então, alguém o pegou?!

— Não.

— Neste caso, está com o senhor?

— Não... Eu... Eu não consegui tirá-lo daquela Vênus diabólica.

— Bom, o senhor não deve ter puxado com tanta força!

— Puxei, sim... Mas a Vênus... Ela apertou o dedo.

Ele me olhava fixamente com um ar atordoado, apoiando-se na cremona para não cair.

— Que patranha! — respondi. — O senhor empurrou demais o anel. Amanhã use um alicate. Mas cuidado para não danificar a estátua.

— Não, estou lhe dizendo! O dedo da Vênus foi retirado, reimplantado; ela está com a mão fechada, o senhor está me entendendo?... Aparentemente, agora ela é minha esposa, já que lhe dei o anel... Ela não quer mais devolvê-lo.

Senti um arrepio súbito e alguns calafrios. Mas então ele suspirou profundamente, soltou uma baforada de vinho e toda a emoção desapareceu.

"O miserável", pensei, "está completamente bêbado."

— O senhor é um antiquário — ele acrescentou num tom lamentável. — O senhor conhece essas estátuas... Há nela alguma força, alguma feitiçaria que desconheço... E se o senhor fosse vê-la?

— Com prazer — respondi. — Venha comigo.

— Não, prefiro que o senhor vá sozinho.

Deixei o salão.

O tempo tinha mudado durante o jantar e a chuva começava a cair com força. Eu ia pedir um guarda-chuva quando um pensamento me impediu. Eu disse a mim mesmo que seria um grande idiota se fosse verificar o que me disse um homem bêbado! Talvez ele até queira fazer alguma brincadeira de mau gosto comigo a fim de que esses honestos provincianos tenham motivos para rir! E o mínimo que pode me acontecer é ficar ensopado e pegar um bom resfriado.

Da porta, dei uma olhadela na estátua de onde a água da chuva escorria, e subi para o meu quarto sem passar pelo salão. Deitei-me, mas o sono demorou a chegar. Todas as cenas do dia voltavam à minha memória. Pensei naquela jovem tão bela e tão pura, abandonada nos braços de um brutamontes bêbado. Que coisa odiosa um casamento por conveniência! Um prefeito veste uma echarpe tricolor, um padre, uma estola, e isso basta para que a mais honesta jovem do mundo seja entregue ao Minotauro! Dois seres que não se amam... O que podem eles dizer um ao outro num momento como esse, em que dois amantes pagariam com o preço de sua existência? Uma mulher pode chegar a amar um homem que ela viu agir tão grosseiramente? As primeiras impressões não se apagam, e tenho certeza de que esse senhor Alphonse merece ser odiado...

Durante meu monólogo, que estou resumindo bastante, ouvi muitos passos irem e virem pela casa, portas abrindo e fechando, carros partindo; depois tive a impressão de ouvir, sobre a escada, passos leves de diversas mulheres se dirigindo à extremidade do corredor oposta ao meu quarto. Era provavelmente o cortejo da noiva, que a levava ao seu leito. Em seguida, desceram a escada. A porta da senhora de Peyrehorade foi fechada. Como essa pobre moça deve estar confusa e desconfortável! Um garoto faz papel de idiota numa casa onde se consuma um casamento.

O silêncio já reinava há algum tempo quando, de repente, foi interrompido por passos pesados que subiam a escada. Os degraus de madeira rangeram intensamente.

— Um bronco! Aposto que vai cair da escada! — exclamei.

Tudo se acalmou novamente. Peguei um livro para mudar um pouco minhas ideias. Era um livro de estatísticas da província, ornado com um memorando do senhor de Peyrehorade sobre os monumentos druídicos do distrito de Prades. Adormeci na terceira página.

Dormi mal e acordei diversas vezes. Deviam ser cinco horas da manhã e eu estava acordado há mais de vinte minutos quando o galo cantou. O dia ia amanhecer. Então ouvi claramente os mesmos passos pesados, o mesmo ranger dos degraus que tinha ouvido antes de adormecer. Isso me pareceu peculiar. Enquanto bocejava, tentei imaginar por que o senhor Alphonse estava se levantando tão cedo. Não imaginei nada que pudesse ser verossímil. Eu ia fechar os olhos quando minha atenção foi novamente excitada por sapateios estranhos aos quais logo se misturaram tinidos de sinos e o barulho de portas que se abriam ruidosamente, e depois ouvi gritos confusos.

— O beberrão deve ter ateado fogo em algum lugar — pensei ao saltar da cama.

Vesti-me rapidamente e segui pelo corredor. Da extremidade oposta vinham gritos e lamentos, e uma voz cortante sobressaía às outras:

— Meu filho! Meu filho!

Era evidente que algum infortúnio tinha ocorrido ao senhor Alphonse. Corri até o quarto de núpcias: ele estava repleto de gente. O primeiro espetáculo que meus olhos avistaram foi o jovem seminu, estendido na diagonal sobre o leito cujo estrado estava quebrado. Ele estava lívido, imóvel. Sua mãe chorava e gritava ao seu lado. O senhor de Peyrehorade se agitava, esfregava a testa do filho com água-de-colônia ou colocava sais sob seu nariz. Infelizmente, seu filho já estava morto há muito tempo! Sobre um canapé, do outro lado do quarto, estava a noiva, atormentada por horríveis convulsões. Ela soltava gritos inarticulados e duas robustas criadas tinham muita dificuldade para contê-la.

— Santo Deus! — exclamei. — O que aconteceu aqui?

Aproximei-me do leito e ergui o corpo do jovem desafortunado; ele já estava hirto e frio. Os dentes cerrados e o rosto enegrecido expressavam as mais assustadoras angústias. Bem parecia que sua morte tinha sido violenta e sua agonia, terrível. Mas não havia nenhum vestígio de sangue em sua roupa. Abri sua camisa e vi em seu peito uma marca lívida que se prolongava até as costelas e as costas. Parecia que ele tinha sido espremido por um círculo de ferro. Meu pé pisou em alguma coisa dura que estava sobre o tapete; abaixei-me e vi o anel de diamantes.

Levei o senhor de Peyrehorade e sua esposa até o quarto deles; depois mandei trazerem a noiva.

— Os senhores ainda têm uma filha — eu lhes disse —, e devem cuidar dela. — Dito isso, os deixei sozinhos.

Eu não tinha dúvidas de que o senhor Alphonse tinha sido vítima de um assassinato cujos autores tinham encontrado um meio de adentrar o quarto da noiva durante a noite. Mas os hematomas no peito e aquela direção circular me deixavam muito intrigado, pois um bastão ou uma barra de ferro não teria produzido aquilo. De repente, me lembrei de ter ouvido, certa vez, que em Valência alguns sicários se valiam de grandes sacos de couro cheios de areia para abater seus alvos. Imediatamente me veio à mente o muleteiro aragonês e sua ameaça; mas não me atrevi a pensar que ele se vingaria de forma tão terrível de uma brincadeira tão sem importância.

Caminhei pela casa procurando por toda parte sinais de arrombamento; não os encontrei em lugar nenhum. Desci até o jardim para ver se os assassinos teriam entrado por lá, mas tampouco encontrei nenhuma evidência. A chuva, aliás, tinha encharcado tanto o solo que mesmo a pegada nítida de uma pessoa desapareceria. No entanto, observei algumas pegadas impressas de forma profunda na terra: havia duas direções contrárias, mas numa mesma linha, partindo do ângulo contíguo da sebe até o terreno do jogo de pela, culminando na porta da casa. Poderiam ser os passos do senhor Alphonse quando foi buscar o anel no dedo da estátua. Como a sebe é menos espessa do outro lado, os assassinos deviam tê-la cruzado por lá. Passando e repassando em frente à estátua, parei um instante para observá-la. Desta vez, confesso, não pude contemplar sem temor sua expressão de maldade irônica; e, com a cabeça cheia das cenas horríveis que eu tinha acabado de testemunhar, parecia ver uma divindade infernal aplaudindo a desgraça que se abatia sobre aquela casa.

Retornei para o meu quarto e permaneci lá até o meio-dia. Então saí e pedi notícias dos meus anfitriões. Eles estavam um pouco mais calmos. A senhorita de Puygarrig — eu deveria dizer, a viúva do senhor Alphonse — tinha voltado a si. Tinha até falado com o procurador-geral do rei de Perpignan, que estava em viagem por Ille, e o magistrado tinha recebido seu depoimento. Ele me pediu o meu. Contei o que sabia e não escondi minhas suspeitas contra o condutor de mulas aragonês. Ele ordenou sua prisão imediata.

— O senhor descobriu alguma coisa com a senhora Alphonse? — perguntei ao procurador do rei depois que meu depoimento foi escrito e assinado.

— Essa jovem infeliz ficou louca — ele me disse com um sorriso triste. — Louca! Totalmente louca. Ela disse que estava deitada há alguns minutos, as cortinas fechadas, quando a porta do seu quarto se abriu e alguém entrou. Então a senhora Alphonse estava no canto, entre a cama e a parede, com o rosto virado para a parede. Ela não esboçou nenhum movimento, persuadida de que se tratava do seu esposo. Depois de um instante, a cama fez um barulho como se tivesse recebido um peso enorme. Ela levou um grande susto, mas não ousou virar a cabeça. Cinco minutos, dez minutos talvez, ela não consegue mensurar o tempo, se passaram. Então ela fez um movimento involuntário, ou a pessoa que estava na cama se mexeu, e ela sentiu o contato de alguma coisa fria como o gelo, segundo a expressão dela. Ela se afundou no espaço entre a cama e a parede, tremendo dos pés à cabeça. Pouco tempo depois, a porta se abriu pela segunda vez, e alguém entrou e disse: "Boa noite, minha querida esposa". E logo alguém puxou a cortina. Ela ouviu um grito abafado. A pessoa que estava na cama, ao lado dela, se sentou e pareceu estender os braços para a frente. Foi então que ela virou o rosto e viu, ela disse, seu esposo ajoelhado junto da cama, a cabeça na altura do travesseiro, entre os braços de uma espécie de gigante esverdeada que o abraçava com força. Ela disse, e repetiu isso vinte vezes, essa pobre mulher!... Ela disse que reconheceu... Adivinhe? A Vênus de bronze, a estátua do senhor de Peyrehorade... Desde que chegou nesta província, todo mundo sonha com ela. Mas estou apenas reproduzindo a narrativa da louca desafortunada. Após esse espetáculo, ela perdeu a consciência e, provavelmente, há alguns instantes, perdeu também a razão. Ela não consegue dizer, de modo algum, quanto tempo permaneceu desmaiada. Quando recobrou a consciência, reviu o fantasma, a estátua, como ela segue repetindo, imóvel, as pernas e a parte de baixo do corpo na cama, o busto e os braços estendidos para a frente, e entre os braços dela seu esposo, imóvel. O galo cantou. Então a estátua se levantou da cama, deixou o cadáver cair e saiu. A senhora Alphonse tocou o sino, e o resto o senhor sabe.

Trouxeram o espanhol; ele estava calmo e se defendeu com muito sangue-frio e presença de espírito. Ademais, não negou ter dito o que eu ouvi; mas explicou, afirmando que não tinha outra intenção senão dizer que, no dia seguinte, mais descansado, ele ganharia a partida de pela contra seu vencedor. Lembro-me de que ele acrescentou:

— Um aragonês, quando se sente ultrajado, não espera o dia seguinte para se vingar. Se eu achasse que o senhor Alphonse tinha me insultado, teria enfiado minha faca em seu ventre no mesmo instante.

Compararam a sola de seus sapatos com as pegadas encontradas no jardim; o solado dele era muito maior.

Enfim, o dono do hotel em que esse homem estava hospedado assegurou que ele havia passado a noite toda esfregando e medicando uma de suas mulas, que estava doente.

Ademais, esse aragonês era um homem de boa fama, bastante conhecido na região, para onde ele vinha fazer negócios todos os anos. Ele foi solto e pediram-lhe desculpa pelo ocorrido.

Eu já estava me esquecendo do depoimento de um criado, que foi o último a ver o senhor Alphonse vivo. Foi no momento em que ele ia subir até o quarto de sua esposa e, chamando esse homem, ele lhe perguntou com um ar inquieto se sabia onde eu estava. O criado respondeu que não tinha me visto. Então o senhor Alphonse deu um suspiro e permaneceu durante mais de um minuto em silêncio, e depois disse: "Ora, que o diabo o carregue também!".

Perguntei a esse homem se o senhor Alphonse estava com o anel de diamantes quando eles conversaram. O criado hesitou em responder; finalmente, disse que achava que não, mas que não tinha prestado atenção nisso.

— Se ele estivesse com esse anel no dedo — ele acrescentou, recompondo-se —, eu certamente teria percebido, pois achava que ele o havia dado à senhora Alphonse.

Questionando esse homem, senti um pouco do pavor supersticioso que o depoimento da senhora Alphonse tinha espalhado por toda a casa. O procurador do rei me olhou sorrindo, e insisti em devolver-lhe o aceno.

Algumas horas depois do funeral do senhor Alphonse, organizei minha partida de Ille. O carro do senhor de Peyrehorade me levaria até Perpignan. Apesar de seu estado de saúde debilitado, o pobre velho quis me acompanhar até a entrada do seu jardim. Nós o atravessamos em silêncio e ele se arrastava, apoiado em meu braço. No momento de nos despedirmos, lancei um último olhar em direção à Vênus. Eu previa que meu anfitrião, mesmo não compartilhando dos terrores e dos ódios que ela inspirava a uma parte de sua família, se desfaria de um objeto que o fazia se lembrar sem cessar de um imenso infortúnio. Minha intenção era convencê-lo a enviá-la a um museu. Hesitei em tocar no assunto, quando o senhor de Peyrehorade virou a cabeça mecanicamente para o lado em que eu olhava fixamente. Ele avistou a estátua e logo se afundou em lágrimas. Abracei-o e, sem ousar dizer uma só palavra, entrei no carro.

Desde minha partida, não soube de mais nenhum outro fato que ajudasse a esclarecer essa misteriosa catástrofe.

O senhor de Peyrehorade morreu alguns meses depois de seu filho. Em seu testamento, legou-me seus manuscritos, que um dia eu talvez publique. Não encontrei nenhuma memória relativa às inscrições da Vênus.

P.S. Meu amigo S. de P. acaba de me escrever de Perpignan dizendo que a estátua não existe mais. Após a morte de seu marido, o primeiro cuidado da senhora de Peyrehorade foi derretê-la e fazer dela um sino, e, sob essa nova forma, ela agora serve à igreja de Ille. Mas, acrescenta S. de P., parece que uma maldição persegue aqueles que possuem esse bronze. Desde que esse sino toca em Ille, as vinhas já congelaram duas vezes.

NARRATIVA

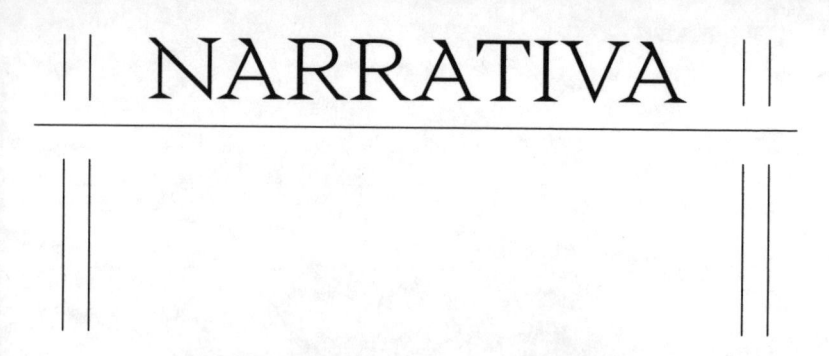

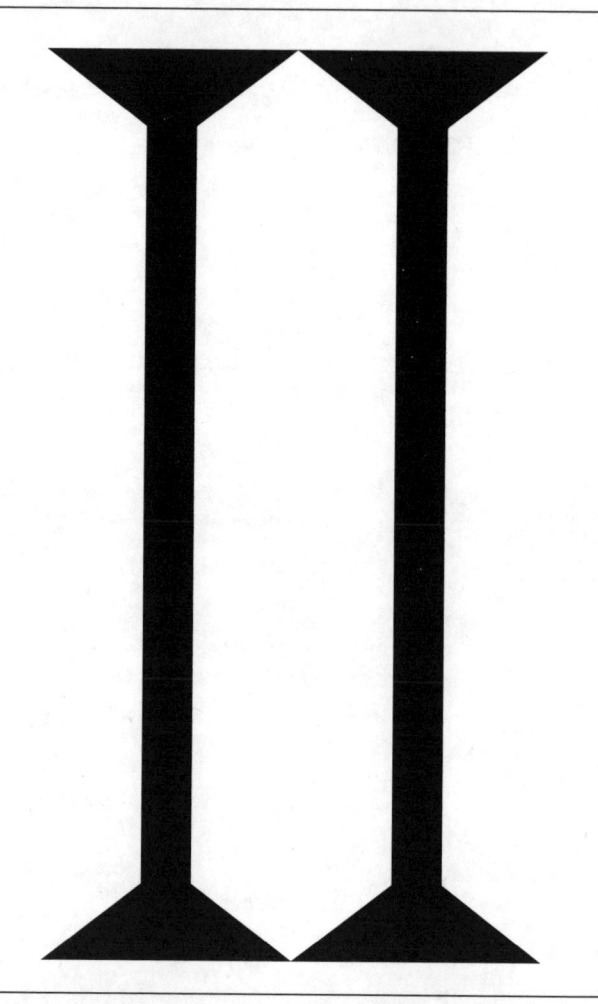

II

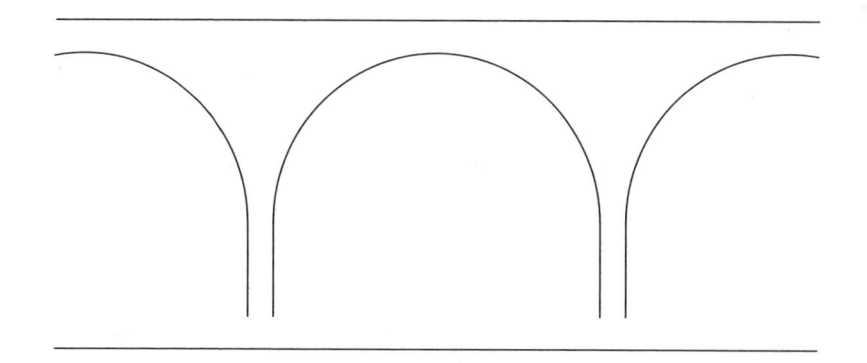

GRADIVA
UMA FANTASIA POMPEIANA

WILHELM JENSEN

TRADUÇÃO E NOTAS
MATHEUS GUMÉNIN BARRETO

NOTA DO TRADUTOR

Em pouquíssimas palavras, meu objetivo ao traduzir *Gradiva: Ein pompejanisches Phantasiestück*, de Wilhelm Jensen, foi criar um texto que não subestime o autor alemão nem os leitores brasileiros.

A tradução foi feita diretamente do alemão e minhas diretrizes ao longo do processo foram as seguintes:

Levando em conta que o texto de Jensen traz frases extremamente longas, escolhi não as quebrar em frases menores no texto em português. Por isso não inseri nenhum ponto-final que já não existisse no texto de partida — em outras palavras, o original e a tradução têm o mesmo número de frases. Como a língua portuguesa não dispõe das declinações alemãs (que tanto auxiliam na manutenção de certa clareza em períodos longos, já que indicam a função gramatical de cada substantivo, pronome, quase todo adjetivo etc.), optei pelo uso de ponto e vírgula, travessão e parênteses na tradução dessas frases mais longas.

Dado que Jensen afirma (em carta a Sigmund Freud) que não tinha conhecimentos de psicanálise ao escrever *Gradiva* e que só seguiu suas intuições poéticas e seus conhecimentos de Medicina, escolhi não tratar (*no pun intended*) como termos psicanalíticos palavras como *Trieb, instinktiv, heimlich, unheimlich* etc., e sim como palavras correntes.

Escolhi não utilizar "você" e "vocês" no texto em português, traduzindo *du* como "tu", *ihr* como "vós", e *Sie* como "o(s) senhor(es)", "a(s) senhora(s)" ou "a(s) senhorita(s)".

Levando em conta que Jensen mistura deliberadamente as nomenclaturas gregas e latinas em seu texto (tanto nomes próprios quanto expressões), optei por criar aqui uma mistura análoga (além disso, as nomenclaturas nunca vêm acompanhadas de explicação ou tradução para o alemão em notas de rodapé, por isso me abstive também de explicar ou traduzir as nomenclaturas no texto em português).

Jensen erra a grafia de algumas palavras estrangeiras (sobretudo italianas) e algumas indicações geográficas, por isso criei erros análogos em português.

Tentei criar humor análogo àquele que vejo em (muitos) trechos do texto alemão.

Por fim, escolhi não suavizar os trechos do livro que trazem formulações problemáticas (sobretudo em relação às questões raciais e às questões de gênero) justamente para não as acobertar.

DURANTE VISITA A UMA DAS GRANDES COLEÇÕES DE ANTIGUIDADES DE ROMA, NORBERT HANOLD DESCOBRIU UM BAIXO--RELEVO QUE O ATRAIU DE MANEIRA TÃO EXCEPCIONAL que, de volta à Alemanha, alegrou-se muito ao obter uma excelente cópia da obra em gesso. Ela já estava há alguns anos pendurada em um ponto privilegiado da parede de seu escritório, que de resto era rodeado quase que totalmente por estantes de livros; estava no ponto com a melhor iluminação, o lado que, mesmo que por pouco tempo, era visitado todos os dias pelo pôr do sol. Com mais ou menos um terço do tamanho real, a obra representava uma figura feminina completa, absorta no ato de caminhar — ela ainda era jovem, apesar de não ser mais uma criança, porém, ao que tudo indica, também não era nenhuma mulher casada, e sim uma *virgo* romana que devia ter acabado de entrar na casa dos vinte. Ela não lembrava em nada as muitas figuras em relevo em geral conservadas de uma Vênus, Diana ou de qualquer outra olimpiana, tampouco uma Psiquê ou uma Ninfa. Algo nela conseguira replicar no próprio corpo uma espécie de "sentimento do hoje", alguma coisa muito humana e cotidiana (e não no sentido banal dessas palavras), como se o artista a tivesse capturado depressa em um modelo de argila, ao vivo, enquanto ela passava pela rua, e não rabiscado um esboço qualquer a lápis, no papel, como o fazem os artistas de nosso tempo. Tratava-se de uma figura alta e esguia, cujo cabelo um pouco ondulado era quase todo envolto por um véu vincado; do rosto bem pequeno não emanava sinal algum de beleza deslumbrante. Contudo também não havia nesse rosto vontade nenhuma de exercer deslumbre sobre os outros: em seus traços bem formados se inscrevia uma certa indiferença desatenta a tudo o que acontecia ao seu redor, e seus olhos tranquilos, pousados no horizonte, revelavam um olhar distraído, real; revelavam pensamentos retraídos em sossego. Assim, a jovem mulher não cativava de modo nenhum por uma suposta beleza escultural de formas, mas possuía algo que era bastante raro nas rochas antigas: uma elegância natural, simples, infantil, que parecia insuflar vida à rocha. É certo, no entanto, que isso se dava em grande parte pelo movimento no qual a moça havia sido representada. Com a cabeça um pouco inclinada, ela segurava com a mão esquerda sua túnica ricamente vincada (que deslizava do pescoço aos tornozelos) e erguia apenas um pouco a barra das vestes, tornando visíveis, assim, os seus pés nas sandálias. O pé esquerdo estava à frente; o direito, em vias de segui-lo, tocava de leve o chão com as pontas dos dedos, elevando a sola e o calcanhar de maneira quase vertical. Esse movimento invocava um sentimento duplo: por um lado, uma extrema e delicada agilidade por parte daquela que se movia; por outro, um firme repouso em si mesma. Unindo os passos seguros àquele vagar de ares fugitivos, esse sentimento duplo lhe conferia a sua estranha elegância.

Para onde ela havia ido dessa maneira e para onde ela ainda iria? É certo que o Doutor Norbert Hanold, docente na área de Arqueologia, não encontrou no baixo-relevo nada digno de nota para a sua área de estudos. Não era nenhum artigo de uma suposta grande arte antiga, mas simples produto de um subgênero de arte romana; Norbert não conseguia explicar o que nesse relevo chamou sua atenção, sabia apenas que tinha sido atraído por algo e que a força daquele primeiro olhar se mantivera, desde então, inalterada. Tentado a atribuir algum nome àquela obra, ele a chamou de "Gradiva" em segredo: "Aquela que caminha adiante"; esse era, na verdade, um epíteto atribuído pelos poetas antigos apenas ao *Mars Gradivus,* ao deus da guerra a caminho da batalha, porém pareceu a Norbert o mais adequado para descrever o porte e o movimento da jovem moça. Ou, para usar a expressão de nosso tempo, da jovem dama, visto que ela claramente não pertencia às classes mais baixas; era a filha de um *nobilis,* ou ao menos de um *honesto loco ortus.* Quem sabe — sua aparência despertava nele, involuntariamente, essa ideia — pertencesse ela à casa de algum *aedilis* patrício cujo ofício fosse desempenhado em nome de Ceres e ela estivesse, agora, a caminho do templo da deusa para lá realizar alguma incumbência.

Contudo, algo nos ânimos do jovem arqueólogo se opunha à ideia de inseri-la no contexto da grande e barulhenta metrópole que é Roma. Seu ser, seu modo calmo e sossegado, não tinha lugar na imensurável algazarra em que ninguém presta atenção em ninguém, e sim em alguma localidade pequena, onde todos a conhecessem e, parando e admirando-a, dissessem a algum companheiro: "Aquela é Gradiva" (Norbert não queria trocá-lo pelo nome verdadeiro), "a filha de... Seu modo de caminhar é mais belo do que o de qualquer outra moça aqui em nossa cidade".

Como se a tivesse escutado com os seus próprios ouvidos, essa fala se fixou na cabeça do arqueólogo e depois transformou em convicção uma certa impressão que ele tinha em mente. Em sua viagem pela Itália, ele permaneceu por várias semanas estudando as velhas ruínas de Pompeia e, de volta à Alemanha, surgiu-lhe um dia, de repente, a ideia de que a mulher retratada na obra decerto andava por Pompeia e atravessava de uma calçada à outra por aqueles peculiares caminhos de pedra que foram escavados na cidade (aqueles que, em dias chuvosos, possibilitavam aos caminhantes atravessar as ruas sem pisar na lama, mas que, devido aos espaços entre as pedras, também não atrapalhavam a passagem das carroças). E assim ele a via, um pé erguendo-se sobre a lacuna entre duas pedras enquanto o outro pé esperava, em via de segui-lo; e pela contemplação da passante começava a se erguer de modo muito vívido, na imaginação de Norbert, tudo aquilo que a rodeava de perto e de longe. Ela criara dentro dele (com ajuda de seus conhecimentos da Antiguidade) a visão da rua que se estendia ao longe, e em meio a essas casas espalhadas em duas fileiras havia, ainda, diversos templos e colunatas. Feiras e outros comércios também surgiam em torno de Gradiva: *tabernae, officinae, cauponae*, vendas, oficinas, tendas; padeiros expunham seus pães, jarros de barro em balcões de mármore ofereciam tudo o que fosse necessário para os afazeres domésticos e culinários; havia uma mulher sentada na esquina que vendia frutas e verduras de seus cestos e que arrancara parte da casca de meia dúzia de nozes grandes para mostrar o interior fresco e puro dos frutos, atiçando o desejo de compra dos passantes. Para onde quer que se olhasse, deparava-se com cores vivas, muros coloridos, colunas com capitéis vermelhos e dourados; tudo brilhava e cintilava refletindo o sol do meio-dia. Mais atrás, lá embaixo, erguia-se sobre um grande pedestal uma estátua branca e reluzente; e além, muito ao longe, via-se (apesar de vagamente encoberto pela dança tremulante do vapor quente) o *Mons Vesuvius*, que ainda não tinha o formato de cone nem a aridez amarronzada que tem hoje, e sim uma vasta vegetação verde e cintilante que chegava a encobrir o pico sulcado e íngreme. Moviam-se pela rua apenas umas poucas pessoas que, sempre que possível, buscavam aqui e ali alguma sombra; o ardor do sol do meio-dia entorpecia a agitação barulhenta das demais horas. Em meio a tudo isso, Gradiva atravessava pelo caminho de pedra — e um luzente lagarto verde e dourado fugia para longe dali, assustado.

Ergueram-se essas imagens bem diante dos olhos de Norbert Hanold e de maneira muito vivaz; porém da simples observação diária do rosto de Gradiva se formou nele também, aos poucos, outra suposição. Os traços do rosto lhe pareciam cada vez menos romanos ou latinos e cada vez mais gregos, e assim uma suposta linhagem helênica de Gradiva foi transformando-se lentamente em uma certeza. A antiga colonização grega em todo o sul da Itália era já embasamento suficiente para a ideia, e disso surgiram ainda outras, todas muito lisonjeiras ao povo que pisara naquelas terras. Assim, talvez a jovem *"domina"* falasse grego na casa dos pais e tivesse crescido nutrida pela educação grega. Olhando de modo mais atento, era possível averiguar isso também na expressão de seu rosto, já que com certeza havia ali (escondido por trás de sua modéstia) algo de muito perspicaz, além de um espírito de fina sensibilidade.

No entanto, essas conjecturas ou descobertas não eram suficientes para embasar nenhum interesse arqueológico real na pequena obra de arte, e Norbert tinha plena consciência de que outra coisa o fazia voltar com tanta frequência a se debater com o baixo-relevo, embora soubesse também que essa outra coisa ainda pertencia à sua área de estudos. Tratava-se, na opinião do arqueólogo, de um juízo crítico acerca da possibilidade de o artista ter ou não ter reproduzido fielmente o modo de caminhar de Gradiva. Ele não conseguia chegar a uma conclusão, tampouco sua rica coleção de reproduções de obras de arte antigas era capaz de ajudá-lo. Parecia-lhe, por exemplo, muito exagerada a representação quase vertical do pé direito; em todas as tentativas que ele mesmo fez, o movimento sempre deixava esse pé que vinha atrás em uma posição muito menos elevada; formulando a questão matematicamente, pode-se dizer que o seu pé sempre se encontrava em menos da metade de um ângulo reto em relação ao chão durante aquele seu brevíssimo ponto de repouso, o que lhe pareceu o modo mais natural de caminhar (em vista, também, da mecânica do andar, bastante pertinente ao presente objetivo). Certa vez, ele se aproveitou da presença de um amigo seu, um jovem anatomista, para lhe perguntar sobre o assunto, mas nem mesmo o amigo foi capaz de lhe dar uma resposta certeira, pois nunca havia realizado experimentos desse tipo. Ainda que concordasse com a experiência levada a cabo por Norbert, ele não sabia dizer se o modo de andar feminino era, porventura, diferente do modo de andar masculino, o que significa que a questão ficou sem solução.

Ainda assim, a conversa entre os dois não foi de todo inútil, pois fez com que Norbert Hanold atentasse a algo que ainda não havia notado: à possibilidade de, observando as coisas ao seu redor, esclarecer ele mesmo o assunto. Contudo isso exigia ações que lhe eram completamente estranhas; até aquele momento, o sexo feminino tinha sido para Norbert não mais que uma abstração em mármore ou em bronze, e ele nunca tinha dado a mínima atenção às suas contemporâneas mulheres, representantes atuais dessa abstração. No entanto sua sede por conhecimento fez nascer nele um certo impulso científico, graças ao qual o arqueólogo se lançou à estranha pesquisa investigativa que julgava, agora, necessária. Notou que muitas dificuldades impediam que a pesquisa se realizasse em meio às multidões da metrópole, e que só era possível esperar algum bom resultado visitando certas ruas menos frequentadas. Mesmo nessas ruas, contudo, os vestidos (longos, de modo geral) tornavam completamente irreconhecível a maneira de caminhar das mulheres, visto que apenas as empregadas domésticas costumavam usar saias curtas, e elas (devido aos sapatos grosseiros que, com raras exceções, usavam) logo de cara não podiam nem mesmo ser levadas em conta nessa sua busca por uma solução para o problema. Ainda assim, levou sua investigação adiante com muita tenacidade, debaixo de sol ou chuva; notou, inclusive, que debaixo de chuva tinha mais chances de alcançar sucesso, já que a chuva exigia que as damas erguessem as barras dos seus vestidos. Algumas delas devem ter notado, inevitavelmente, o olhar inquiridor direcionado aos seus pés; não raro, a expressão indignada de alguma dessas mulheres observadas dava a entender que talvez interpretassem o comportamento de Norbert como algum tipo de atrevimento ou de safadeza; levando em conta, porém, que ele era um homem jovem, bastante atraente, vez ou outra algum par de olhos expressava o exato oposto, ou seja, um certo entusiasmo — no entanto, tanto uma reação quanto a outra lhe eram absolutamente incompreensíveis. Aos poucos (e apesar disso tudo) sua persistência acabou gerando um certo repertório de observações que ensinaram seus olhos a distinguirem entre uma infinidade de minúcias. Algumas mulheres caminhavam com lentidão; outras, depressa; algumas se moviam de modo desajeitado e outras, delicadamente. Algumas só deslizavam as solas dos pés um pouco acima do chão; poucas eram as que erguiam os pés obliquamente, em posição mais elegante. De todas elas, no entanto, nem mesmo uma única tinha o modo de andar da Gradiva, o que rendeu a Norbert a satisfação de saber que ele não se enganara em seu juízo arqueológico sobre o baixo-relevo. Por outro lado, porém, essas observações o aborreciam, já que ele achara a representação vertical do pé erguido muito bela e lamentava, agora, que essa representação, nascida apenas da fantasia ou do arbítrio do escultor, não correspondia à realidade.

Pouco depois de descobrir isso tudo em suas investigações pedestres, Norbert teve, certa noite, um sonho terrivelmente angustiante. No sonho, ele se encontrava na antiga Pompeia, e justo no dia 24 de agosto do ano de 79, dia que trouxera consigo a aterrorizante erupção do Vesúvio. O céu envolvia a cidade em um manto negro de fumaça — a cidade fadada à aniquilação —, só aqui e ali as inacabáveis chamas que ardiam de dentro da cratera deixavam vislumbrar, através de alguma brecha, algo engolfado em luminosidade rubro-sangue; desesperados e atordoados pelo pavor inaudito, sozinhos ou em caótica multidão, todos os moradores fugiam e tentavam se salvar. A chuva de cinzas e os *lapilli* caíam também sobre Norbert, porém (tal qual costuma ocorrer milagrosamente nos sonhos) eles não o feriam, e tampouco prejudicava sua respiração o mortal vapor de enxofre. Assim, estando nas imediações do Fórum, junto ao Templo de Júpiter, Norbert de repente avistou Gradiva a uma pequena distância de si; até aquele instante, nenhum pensamento sobre seu paradeiro havia cruzado a mente do rapaz, mas de súbito lhe pareceu muito natural que ela vivesse em sua cidade natal, já que era pompeiana, e que vivesse ali ao mesmo tempo que ele, ainda que não fizesse nenhuma ideia disso. Ele reconheceu Gradiva à primeira vista, pois sua reprodução em baixo-relevo era, de fato, fiel nos mínimos detalhes, assim como seu modo de caminhar; quase sem perceber, ele chamava tal movimento de *"lente festinans"*. E assim, apressada-calma, ela andava pelos azulejos do Fórum em direção ao Templo de Apolo, e o fazia com sua peculiar indiferença, desatenta a tudo ao seu redor. Ela parecia nem mesmo notar a tragédia que se abatia sobre a cidade, parecia perdida em seus próprios pensamentos; olhando-a, Norbert também se esqueceu daquele terrível acontecimento, ao menos por alguns instantes, e tentou gravar isso tudo em sua memória da maneira mais precisa possível, já que a realidade que ele vivia ali parecia prestes a desaparecer com brusquidão outra vez. De repente, no entanto, eis que lhe chegou à consciência a certeza de que, caso Gradiva não se salvasse depressa, ela pereceria sob a desgraça que se abatia sobre todos os outros; e o assombro violento arrancou da boca de Norbert um grito de aviso. É certo que ela o escutou, porque sua cabeça se virou para ele de modo que vislumbrasse agora, fugaz, todo o seu rosto, porém a expressão na face de Gradiva era de total incompreensão; assim, sem lhe dar nenhuma atenção, ela apenas seguiu seu caminho. Nesse momento, contudo, o rosto de Gradiva perdeu as cores, tornou-se mais pálido, como se ele se transformasse em branco mármore; ela andou ainda até o *porticus* do templo, mas lá, entre as colunas, sentou-se em um degrau da escada e lentamente deitou nele a sua cabeça. Caíam tantos *lapilli* que eles se adensavam, transformando-se em uma espécie de véu todo opaco; apressando-se para alcançá-la, Norbert conseguiu ainda assim abrir caminho até o ponto onde ele a tinha perdido de vista, e eis que lá jazia ela: protegida dos *lapilli* pelo teto dianteiro, estirada sobre o largo degrau como se dormisse, porém já sem respirar, decerto asfixiada com o vapor de enxofre. O brilho avermelhado do Vesúvio reluzia sobre a face de Gradiva, que, de olhos fechados, era idêntica à bela face de uma estátua; não havia nem sinal de medo ou, nem deformação em seu semblante, via-se apenas uma milagrosa indiferença que aos poucos alcançava sua imutabilidade. Contudo logo sua expressão foi tornando-se cada vez mais indistinta, pois o vento soprava a chuva de cinzas para dentro do templo, estendendo-se, primeiro, como um véu de gaze cinzento sobre ela, mas apagando dali a pouco o último vestígio de seu rosto e, por fim, soterrando todo o formato de seu corpo sob uma espécie de manta lisa, tal qual uma tempestade de neve durante o duro inverno de um país nórdico. Lá fora se erguiam as colunas do Templo de Apolo, porém só pela metade agora: também sobre elas se estendia, tempestuosa, a chuva de cinzas.

Quando Norbert Hanold acordou, ecoavam ainda em seus ouvidos os gritos confusos dos moradores de Pompeia em busca de socorro e o rugir abafado do tormentoso mar, que chocava suas ondas contra a costa. Em seguida, voltou a si; o sol lançava uma faixa de brilho dourado sobre sua cama — era uma manhã de abril — e de lá de fora subia até o seu andar a caótica barulheira da metrópole, os gritos de vendedores e os ruídos dos veículos. A imagem sonhada, porém, se conservava (nítida, em todos os mínimos detalhes) diante dos olhos abertos de Norbert, sendo ainda necessário algum tempo até que ele conseguisse por fim se libertar de uma espécie de entrelugar de confusão sensorial e entendesse que, na verdade, ele não vivenciou durante aquela noite a catástrofe ocorrida há quase dois mil anos no golfo de Nápoles. Somente depois, enquanto se vestia, é que aos poucos foi livrando-se dessa sensação, mas nem mesmo mobilizando todo o seu julgamento crítico lhe foi possível escapar da ideia de que Gradiva tinha vivido em Pompeia e de que lá havia sido soterrada no ano 79. Muito pelo contrário: na verdade, a primeira dessas duas suposições se consolidou para Norbert em uma certeza, e logo se uniu a ela a segunda. Em sua sala, ele contemplava com um sentimento melancólico o antigo baixo-relevo, o qual adquirira para ele um novo significado. Era, agora, em certa medida, um monumento fúnebre através do qual o artista preservou para a posteridade a imagem daquela que fora arrancada da vida tão cedo. No entanto, conforme observada de maneira atenta, a expressão que dominava Gradiva não deixava dúvidas quanto ao fato de que durante aquela terrível noite ela realmente se deitara para morrer com toda a serenidade que Norbert presenciou em seu sonho. Segundo um velho ditado, os preferidos dos deuses são aqueles que eles levam embora da Terra na flor da idade.

Norbert (que hoje não havia ainda apertado seu pescoço em colarinho nenhum, vestindo, por ora, só um pijama leve e aconchegante, além de pantufas) reclinou-se sobre a janela aberta e olhou para fora. Lá estava a primavera, finalmente; havia demorado muito para chegar ao norte, manifestando-se por enquanto na selva de pedras da cidade só mesmo pelo céu azulado e pela brisa amena; apesar disso, um pressentimento primaveril roçava todos os sentidos e, olhando-se a amplidão ensolarada, despertava uma espécie de anseio por verdor de folhagens, aromas e cantos de pássaros; ainda que pouco, um sopro disso tudo conseguia chegar até aqui em cima, dado que as feirantes na rua traziam cestos adornados com algumas flores campestres coloridas, e em uma janela aberta ali perto havia um canário que gorjeava sua canção de dentro da gaiola. Norbert sentia muita pena do pobre animal, pois ouvia por trás do som luminoso (e apesar das notas alegres) uma certa saudade da liberdade, das mais remotas regiões.

No entanto, os pensamentos do jovem arqueólogo se detiveram nesses assuntos por não mais do que alguns instantes, pois logo outra questão se sobrepôs a eles. Só agora é que lhe vinha à mente que durante o sonho ele não prestou atenção em se a Gradiva de carne e osso caminhava do modo como o baixo-relevo a representara — daquela maneira, enfim, como as mulheres de hoje não caminham. Estranho, já que seu interesse acadêmico no relevo consistia justo em tal questão; todavia, isso decerto se explicava pelo nervosismo que o dominou quando viu que a vida da moça estava em perigo. Agora ele tentava, ainda que em vão, trazer de volta à memória o modo de caminhar de Gradiva.

Eis que algo como um arrepio percorreu de repente o seu corpo; num primeiro momento, não sabia dizer o que o causara. Logo em seguida, contudo, Norbert reconheceu sua origem: lá embaixo, na rua, caminhava uma figura feminina de costas para ele, andando a passos suaves, elásticos — a julgar pelo feitio e pelas roupas, tratava-se com certeza de uma jovem dama. Com a mão esquerda, ela erguia um pouco a barra de sua túnica, que chegava, assim, até os tornozelos, e aos olhos de Norbert naquele movimento de caminhada o delicadíssimo pé da moça — o pé que vinha atrás — erguia-se verticalmente por um instante, as pontas dos dedos perpendiculares ao chão. Ou assim lhe parecia, já que a distância e o fato de olhar de cima não permitiam uma percepção exata.

De súbito, Norbert Hanold já se encontrava no meio da rua sem saber ao certo como chegara lá. Rápido como um raio, ele voou escadas abaixo tal qual um garoto que deslizasse às pressas pelo corrimão, depois correu entre automóveis, carroças e pessoas. Estas o olhavam com grande espanto, e em diversos lábios soavam exclamações risonhas e meio debochadas. Ele não havia percebido que as exclamações se referiam a ele, seu olhar apenas buscava, ao redor, a jovem dama, e ele até pensou, por um momento, ter entrevisto suas roupas umas duas dúzias de passos à frente. Contudo só a parte de cima — da metade de baixo e dos pés ele nada conseguia distinguir, porque tinham sido encobertos pelo vaivém da multidão que se acotovelava pelo calçamento. Uma vendedora de legumes, velha e pesada, então esticou a mão, parou-o, segurando a manga de seu pijama, e lhe disse, com um meio-sorriso:

— Ei, filhinho, diga lá: encheu a lata essa noite e deu para procurar a cama aqui no meio da rua? Melhor o senhor voltar para casa e se olhar no espelho.

As risadas ao redor confirmavam que ele, de fato, não tinha saído de casa com a vestimenta adequada; trouxeram-lhe à consciência, ainda, que ele havia corrido do seu quarto da maneira mais irrefletida possível. Isso o abalou profundamente, já que Norbert sempre primou muito pelo decoro de sua aparência, e, por isso, abandonando por completo suas intenções aqui fora, retornou correndo ao seu apartamento. Mesmo assim, Norbert devia decerto ter ainda os sentidos bastante confusos e ludibriados pelas ilusões de seu sonho, porque o que ele percebeu, por fim, em meio às risadas e às exclamações, era que a jovem dama voltou o rosto para ele por um instante — e o rosto que ele pensava vislumbrar a encará-lo lá do outro lado não era um rosto desconhecido: era o rosto de Gradiva.

☦

Graças ao seu substancial patrimônio financeiro, doutor Norbert Hanold se encontrava em uma confortável posição de senhor absoluto das suas ações e dos seus ócios, o que significa que, quando alguma ideia porventura lhe surgia, ele não dependia da aprovação de nenhuma instância que fosse superior à sua própria vontade. Nesse aspecto, ele se diferenciava do canário de uma maneira que lhe era bastante vantajosa, pois a ave conseguia apenas transformar em gorjeios aquele seu impulso inato de se libertar da gaiola em direção às vastidões ensolaradas (sempre sem sucesso); no entanto, ainda assim o jovem arqueólogo se assemelhava em certos aspectos ao pássaro. Norbert não veio ao mundo nem cresceu em meio à liberdade da natureza; na verdade, foi colocado atrás das grades já desde o nascimento, foi cercado pelas tradições familiares por meio da educação, da predestinação. Desde a primeira infância esteve claro na casa de seus pais que ele (como filho único de um professor universitário e pesquisador da Antiguidade) estava destinado a seguir a mesma profissão, preservando e, se possível, ampliando a glória do nome paterno; portanto, a continuidade do ofício lhe parecia desde sempre uma tarefa natural de sua vida futura. Mesmo depois de ficar completamente só, devido à morte prematura de seus pais, Norbert se manteve fiel à sua tarefa, realizando, assim, a esperada viagem de estudos à Itália logo após ser aprovado (com notas excelentes) em seu exame filológico; durante a viagem, pôde ver ao vivo um enorme número de esculturas antigas às quais só havia tido acesso até então por meio de cópias. Como nenhuma coleção no mundo poderia lhe ser mais instrutiva do que as de Florença, Roma e Nápoles, convenceu-se Norbert de que havia, de fato, aproveitado ao máximo seu período de permanência na Itália para o progresso de seus conhecimentos, voltando para casa satisfeito e pronto para se aprofundar nos estudos com suas recentes descobertas. Passava-lhe quase totalmente despercebido o fato de que, para além desses artefatos vindos de um passado antiquíssimo, havia também um tempo presente ao redor do arqueólogo; o que ele sentia era que o mármore e o bronze não eram minerais mortos, e sim a única coisa realmente viva, aquilo que conseguia expressar o propósito e o valor da existência humana. E assim ficava ele sentado entre suas paredes, livros e quadros, sem necessidade nenhuma de outro tipo de contato humano e achando, inclusive, qualquer outro contato uma perda de tempo da qual fugia sempre que possível e que pouquíssimas vezes (e muito a contragosto) aceitava, como uma praga inevitável da vida em sociedade — uma praga, aliás, cuja vinda lhe era forçoso aguentar por conta dos duradouros vínculos sociais já estabelecidos pelos seus antepassados. Contudo era de conhecimento geral que ele sempre participava desses encontros sem olhar e sem ouvir de fato coisa alguma ao seu redor, e que, alegando algum compromisso, sempre ia embora logo após o almoço ou o jantar, ou assim que fosse minimamente cabível; quando ganhava as ruas, não cumprimentava nenhuma daquelas pessoas com as quais se sentara à mesa. Isso acabava causando má impressão — em especial junto às moças, porque até mesmo aquelas poucas com as quais ele já havia trocado algumas palavras em eventos eram encaradas, na rua, sem nenhum cumprimento da parte de Norbert, como se fossem rostos nunca vistos, rostos de completas estranhas.

Fosse porque a Arqueologia é, em si, uma ciência um pouco esquisita, ou porque se amalgamou de um modo peculiar demais com a essência de Norbert Hanold, ela não parecia exercer muita atração sobre as outras pessoas, o que significa, é claro, que não proporcionava a ele os prazeres daquele tipo de vida que os jovens costumam almejar. Contudo, sem que Norbert se desse conta do que tinha em mãos, a natureza (quem sabe se com boas ou más intenções) dotou seu corpo de doses extras de uma espécie de compensação para essa falta, porém uma compensação nada compatível com as ciências: a imaginação bastante vivaz que se manifestava não apenas durante seus sonhos, mas também muitas vezes quando estava acordado, o que, na prática, acabava tornando sua mente um pouco inadequada àqueles métodos científicos mais rígidos ou regrados. No entanto, essa prenda se mostrou mais uma semelhança entre Norbert e o canário. Ele nasceu aprisionado, nunca conheceu nada que não fosse a gaiola estreita que o mantinha trancado, e, mesmo assim, trazia em si um sentimento de que algo lhe faltava, fazendo soar de sua garganta o anseio por essa coisa desconhecida. Norbert Hanold o compreendia e, tendo voltado ao seu quarto e se apoiado de novo sobre a janela, apiedava-se outra vez do pássaro; nisto, foi atravessado por uma sensação de que também a ele, Norbert, faltava algo que não se podia nomear. Mas não servia de nada tentar refletir sobre o assunto: a imprecisa comoção de sentimentos vinha da agradável brisa primaveril, da luz do sol, do horizonte e seu vento perfumado, que faziam alçar-se nele a ideia de que também estava em uma gaiola, também estava atrás das grades. Contudo logo se uniu a ela o pensamento reconfortante de que a sua posição era infinitamente mais favorável do que aquela do canário: Norbert possuía asas que podiam voar pelas amplidões quando bem quisessem, asas que nada nem ninguém podia enjaular.

Essa, sim, era uma percepção que prosperava através da reflexão. Norbert mal se ocupara dela e já se consolidou nele, sem demora, a firme decisão de realizar uma viagem de primavera. Decisão que ele já colocou em prática no mesmo dia: encheu sua pequena mala de mão, lançou um olhar de adeus melancólico a Gradiva ao cair da noite (que, banhada pelos derradeiros raios de sol, parecia mais ágil do que nunca, andando pelo caminho de pedra invisível estendido sob seus pés) e partiu dali no trem expresso noturno em direção ao sul. Apesar de esse impulso de realizar uma viagem ter nascido de uma sensação indefinível, as ponderações que a ele se seguiram tomavam como certo que essa viagem deveria servir a propósitos acadêmicos. Pareceu a Norbert, de repente, que talvez tivesse deixado de averiguar algumas importantes questões arqueológicas referentes a diversas estátuas; e assim, sem pausas pelo caminho, lançou-se à viagem de um dia e meio até Roma.

☦

Pouquíssimas pessoas experienciam na própria pele a grande beleza que é viajar das terras alemãs para a Itália durante a primavera quando se é jovem, rico e independente; isso porque até mesmo aquelas pessoas de fato munidas dessas três características se veem, vez ou outra, incapazes de apreciar a beleza. Sobretudo quando elas viajam em casal naqueles dias e semanas que se sucedem ao casamento, período no qual não conseguem pousar os olhos sobre algo sem expressar com infinitos superlativos um extravagante entusiasmo e só são capazes de levar de volta para casa (como uma espécie de espólio de guerra) justo o que poderiam muito bem ter descoberto, sentido e apreciado da mesmíssima maneira se tivessem ficado em casa (e essas pessoas são, infelizmente, a maioria). Seguindo a direção contrária à das aves migratórias, esses duplos amorosos costumam infestar as passagens dos Alpes durante a primavera. Ao longo de toda a viagem de trem, eles cercaram Norbert Hanold em arruaça como um bando de pombos no poleiro, e pela primeira vez na vida ele fora forçado a observar muito de perto, com olhos e ouvidos atentos, as pessoas ao seu redor. Apesar de serem todos seus conterrâneos alemães, como se podia notar pela língua falada ali dentro, não lhe causava nenhum orgulho o fato de pertencer àquela tribo, e sim o oposto: parecia-lhe que fizera muito bem em ter se dedicado tão pouco, até então, ao tal *Homo sapiens* moderno da categorização de Lineu. Sentia isso principalmente em relação à metade feminina da espécie — ele via pela primeira vez, assim tão de perto, esses espécimes reunidos pelo instinto de acasalamento, mas era incapaz de entender o que é que poderia ter levado uns e outros a esse estado. Era-lhe ainda incompreensível o porquê de as mulheres terem escolhido tais homens, porém mais enigmático ainda era o motivo pelo qual os homens teriam escolhido tais mulheres. Sempre que erguia a cabeça, o seu olhar precisava pousar sobre o rosto de alguma daquelas mulheres, e em nenhuma delas encontrava algo que cativasse os olhos: nem por beleza exterior, nem por vida interior que desse um sinal sequer de intelecto ou de afabilidade. Faltava-lhe algum parâmetro a partir do qual avaliá-las, já que com certeza não se podia comparar as mulheres de hoje àquela beleza sublime das obras de arte antigas; ainda assim, havia em Norbert uma vaga sensação de que ele não errava ao realizar a comparação injusta, a vaga sensação de que faltava alguma coisa sublime em todos aqueles rostos, alguma coisa cuja reprodução era, sim, obrigatória até mesmo na vida cotidiana. Assim, refletiu por algumas horas acerca desse curioso impulso humano, chegando à conclusão de que, sendo a maior e mais incompreensível de todas, o casamento por certo ocupava a primeira posição na hierarquia de tolices humanas, e também de que as viagens de lua de mel sem sentido feitas à Itália coroavam, por assim dizer, essa estupidez.

Mais uma vez ele se lembrou do canário que deixara para trás, preso, pois também ele estava, agora, preso em uma gaiola, metido entre rostos de casais jovens ao mesmo tempo extasiados e vazios por entre os quais o olhar de Norbert só muito raramente conseguia, por fim, admirar a paisagem das janelas. Isso com certeza explica o motivo pelo qual as coisas lá de fora, que hoje cruzavam seu campo de visão, lhe causavam impressões tão diferentes daquelas de alguns anos antes. A folhagem das oliveiras cintilava de um brilho prateado mais forte do que outrora; os ciprestes e pinheiros, que se destacavam aqui e acolá e que se desenhavam, solitários, contra o céu, tinham um formato mais belo e mais peculiar;

os vilarejos localizados lá no topo das montanhas lhe pareciam ainda mais charmosos, como se cada um fosse, de certo modo, um indivíduo com expressões faciais muito próprias; e o lago Trasimeno aparentava ter uma suave coloração azulada, uma coloração que ele nunca vira em superfície aquática nenhuma. Foi atravessado por um sentimento de que a natureza que rodeava a linha de trem à sua esquerda e à sua direita lhe era desconhecida, como se Norbert só a tivesse percorrido, até então, durante uma espécie de anoitecer perpétuo ou debaixo de uma densa chuva, e de que só agora é que ele a via banhada de luz solar, na glória dourada de suas cores. Em certos momentos, foi surpreendido por um desejo que ainda não conhecia, um desejo de descer do trem e de, caminhando a pé, buscar alguma trilha nesta ou naquela direção, pois a própria natureza o encarava fixamente, como se ela mantivesse escondido ali algo de muito seu, algo de muito misterioso. Contudo Norbert não se deixou enganar por esses impulsos irracionais, e o *"direttissimo"* o levou sem desvios a Roma, onde o velho mundo e as ruínas do Templo de Minerva Médica o receberam antes mesmo que ele chegasse à estação de trem. Quando enfim conseguiu escapar da gaiola lotada de casais *inseparables*, acomodou-se primeiro em uma hospedaria que já conhecia e de onde poderia buscar, sem pressa, uma residência particular que fosse de seu agrado.

Como não encontrou residência que lhe parecesse adequada no decorrer do dia seguinte, retornou ao anoitecer ao seu *albergo* e (bastante cansado do vento italiano, ao qual não estava habituado, assim como da força do sol, das perambulações e do barulho das ruas) tentou repousar. Sua consciência já começava a se desvanecer quando, justo no momento de adormecer, algo o despertou novamente: seu quarto era separado do quarto vizinho por apenas uma porta oculta atrás de um armário, e lá estavam, agora, os dois hóspedes que o haviam ocupado no período da manhã. A julgar pelas vozes que atravessavam a fina parede divisória, tratava-se de um homem e de uma mulher, e sem dúvida nenhuma pertenciam àquela classe de aves migratórias alemãs primaveris que vieram com ele ontem no trem de Florença. O aprazível estado de espírito dos dois parecia dar testemunho muito favorável do serviço de cozinha do hotel, e talvez se pudesse creditar à qualidade de um vinho *Castelli Romani* o fato de eles expressarem (com sotaque da região norte da Alemanha) seus pensamentos e sentimentos de maneira tão aberta:

— Meu amado August...
— Minha doce Grete...
— Juntos de novo.
— Sim, finalmente a sós outra vez.
— A gente ainda precisa ver mais coisas amanhã?
— A gente poderia dar uma olhadinha no guia de viagem do Baedeker durante o café e checar o que mais é imprescindível.
— Meu amado August, prefiro tu mil vezes ao Apolo Belvedere.
— Também me peguei pensando muito, minha doce Grete, em como és mil vezes mais bela do que a Vênus Capitolina.
— O vulcão que a gente queria visitar fica aqui perto?
— Não, a gente precisa viajar umas duas horas de trem até lá, acho eu.
— E se ele entrasse em erupção bem quando a gente estivesse lá no meio dele, o que tu farias?
— Eu só pensaria em te salvar e te carregar no colo assim, olha.
— Não vás te machucar com esse alfinete!
— Não consigo pensar em nada mais belo do que derramar meu sangue por ti.
— Meu amado August...
— Minha doce Grete...

E assim se encerrou, por algum tempo, a conversa. Norbert escutou ainda um vago empurra-empurra de cadeiras, depois silêncio completo, e assim ele voltou a mergulhar em um sono leve. O sono o transportou a Pompeia, bem quando o Vesúvio começou a entrar em erupção de novo; uma multidão multicolorida de pessoas a fugir se enredava em torno de Norbert e, de repente, ele viu entre elas o Apolo Belvedere, que erguia a Vênus Capitolina nos braços, carregava-a para longe e a deitava em segurança sobre alguma superfície em meio a sombras: era uma carruagem ou carroça na qual ela decerto deveria ser levada embora, pois logo em seguida soou um ranger de rodas vindo daquele lado. Esse acontecimento mitológico não surpreendeu tanto o jovem arqueólogo, apenas lhe pareceu estranho que os dois não falassem grego entre si, e sim alemão, porque depois de um tempinho (e chegando a um estado de quase consciência) ele os ouviu:

— Minha doce Grete...
— Meu amado August...

Logo depois, o sonho ao seu redor se transfigurou por completo. Um silêncio total tomou o lugar da algazarra confusa e, em vez da fumaça e do brilho das chamas, estendia-se agora — clara, quente — a luz do sol sobre as ruínas da cidade soterrada. A cidade, por sua vez, também foi se modificando aos poucos, transformando-se em uma cama cujo linho branco refletia dourados feixes que envolviam os olhos de Norbert Hanold — que, enfim, acordou em meio à resplandecência de uma manhã romana.

Dentro do próprio Norbert algo também se modificara; ele não sabia dizer ao certo o quê, mas uma sensação estranhamente opressiva tomou conta dele outra vez: a sensação de que estava trancado em uma gaiola chamada Roma. Quando abriu a janela, chegaram até ele as dezenas de gritos dos vendedores de rua (que eram, aliás, muito mais estridentes do que aqueles de sua pátria alemã), de modo que ele apenas trocara uma barulhenta selva de pedra por outra; de forma abrupta, Norbert recuou de medo, sentindo uma espécie de pavor bizarramente familiar e inquietante das coleções de antiguidades e da possibilidade de também encontrar lá o Apolo Belvedere e a Vênus Capitolina. Depois de refletir um pouco, desistiu da intenção de procurar uma residência em Roma, fez sua mala, apressado, e seguiu de trem mais para o sul. Norbert viajou no vagão de terceira classe para fugir dos casais *inseparables*, mas também para rodear-se dos tipos populares da Itália, pessoas que foram, em outros tempos, os modelos das obras de arte antigas, o que, além de interessante, teria decerto algum proveito acadêmico. No entanto, não encontrou ali nada além da imundície local, de charutos Monopol com cheiro repugnante, de rapazes baixos e recurvados gesticulando muito os braços e as pernas e de certas representantes do sexo feminino que, em contraste com as conterrâneas que Norbert trazia na memória, faziam com que aquelas alemãs casadas parecessem, em comparação, quase deusas do Olimpo.

☦

Dois dias depois, Norbert Hanold estava hospedado em um cômodo (chamado *camera*) bastante duvidoso em um certo "Hotel Diomède", que ficava próximo ao *ingresso* ladeado por árvores de eucalipto e através do qual se chegava às escavações de Pompeia. Ele tinha planejado ficar em Nápoles por um bom tempo, e lá poderia estudar outra vez, de maneira aprofundada, as esculturas e os afrescos do *Museo Nazionale*; porém lhe aconteceu ali algo parecido com o que acontecera em Roma. No salão que guardava a coleção de mobiliário doméstico de Pompeia, ele se viu engolido por uma nuvem de vestimentas femininas de viagem, todas de última moda e que, sem dúvida, haviam substituído apressadamente o resplendor virginal de vestidos de noiva de cetim, seda ou gaze; os vestidos de todas as moças se ligavam ao braço de algum companheiro (mais novo ou mais velho) que trajava roupas também impecáveis, e os conhecimentos que Norbert adquirira recentemente na área dos acasalamentos, área até então desconhecida, eram já tão avançados que ele se tornara capaz de reconhecer de imediato: todos ali eram August e todas ali eram Grete. A única diferença é que a conversa surgia aqui de outra maneira, já suavizada, readequada e modificada para os ouvidos da opinião pública:

— Ah, olha só! Como a vida deles era prática. A gente também devia arranjar um desses aquecedores de alimentos.

— É, mas ele precisaria ser de prata para usarem com as comidas que minha esposa vai fazer.

— E por acaso tu sabes se vais gostar mesmo da minha comida?

A pergunta veio acompanhada de um olhar picante e foi respondida com um rutilante "sim".

— Só podem ser mesmo de primeira as comidas todas que tu vais me servir.

— Não acredito, isso é um dedal! Será que as pessoas dessa época já tinham agulhas de costura?

— Parece que sim, mas no teu caso esse dedal não serviria para nada, minha querida: até no teu polegar ele ficaria largo demais.

— Tu achas mesmo? E preferes dedos finos a dedos grossos?

— Os teus eu nem preciso olhar. Mesmo na escuridão completa e tateando todos os dedos do mundo eu conseguiria adivinhar que estes são os teus.

— Isso tudo é muito interessante, claro. Mas será que a gente precisa mesmo ir até Pompeia também?

— Não, não vale a pena, lá só tem pedra velha e ruína, tudo o que existia lá de valor foi trazido para cá, segundo o guia de viagem do Baedeker. Além disso, acho que o Sol seria forte demais para a tua tez delicada, eu nunca me perdoaria.

— Já pensou se de repente tu acabasses com uma esposa preta?[1]

— Não, por sorte minha imaginação também não foi assim tão longe: uma simples sarda no teu narizinho já me deixaria triste. Eu acho, se tu concordares, que a gente podia ir a Capri amanhã, docinho. Parece que lá tudo é equipado com todas as comodidades, e só mesmo te vendo em meio à luz maravilhosa da Gruta Azul é que vou conseguir entender de fato a sorte grande que eu tirei na loteria das alegrias.

— Ei, já pensou se alguém te escuta? Fico até meio envergonhada. Mas eu vou mesmo para onde quer que tu me leves, pouco importa o lugar, o que importa é que vou estar juntinho de ti.

August e Grete, todos eles, só um pouco suavizados e readequados aos olhos e ouvidos públicos. Norbert Hanold sentia como se ele fosse inundado de todos os lados por um mar de mel e precisasse fazê-lo descer goela abaixo, gota a gota. Uma náusea o dominou e ele correu do *Museo Nazionale* até a *osteria* do outro lado da rua para tomar uma taça de vermute. Multiplicara-se por dez a força com que certo pensamento o invadia: por que é que essas centenas de duplas lotavam os museus de Florença, Roma e Nápoles em vez de se dedicarem às tais das suas atividades em dupla na Alemanha mesmo, onde nasceram? Ouvindo as conversas e as conversinhas, Norbert se deu conta de que ao menos a maior parte daqueles casais de pássaros não tinha nenhuma intenção

---

1 Apesar da grande novidade que *Gradiva* representa na ficção literária do início do século XX, dando margem a diversas interpretações, Jensen não soube demover seu narrador dos preconceitos raciais e de gênero — inclusive a autoderrisão para com os próprios alemães —, lugares--comuns do início do século.

de fazer ninho nos escombros de Pompeia, julgando, pelo contrário, muito mais oportuno um desvio de rota a Capri; disso nasceu em Norbert, por fim, o impulso repentino de fazer exatamente aquilo que eles não fariam. De qualquer forma, era essa a sua melhor chance de se afastar da revoada de acasalamento daquelas aves e de por fim encontrar aquilo que ele procurara em vão vagando por esta Hespéria. Buscava também um par, mas não um par do tipo casado, e sim um certo par de irmãs que não ficavam matraqueando sem parar — Tranquilidade e Ciência, duas calmas irmãs, as únicas nas quais se podia encontrar gratificante abrigo. Seu desejo em relação a elas continha uma peculiaridade, algo que ele desconhecia até então (se isso não fosse uma contradição, ele teria dado a tal impulso o epíteto de "passional"); assim, por volta de uma hora depois, Norbert já se encontrava dentro de uma *carozella* que, passando pela imensidão de Portici e Resina, o levava, apressada, para bem longe dali. A viagem lhe parecia uma espécie de desfile por uma rua ricamente enfeitada para receber um antigo *triumphator* romano: à esquerda e à direita quase todas as casas estendiam uma exuberante profusão de *pasta da Napoli*, a grande iguaria nacional; a massa secava ao sol à maneira de tapetes amarelos dependurados para arejar: *maccheroni, vermicelli, spaghetti, cannelloni* e *fidelini* grossos e finos, que adquiriam as sutilezas de seu delicioso sabor através dos vapores gordurosos das cantinas, do pó, das moscas e pulgas, das escamas de peixe dançando pelo ar, da fumaça de chaminés e de outras influências diurnas ou noturnas. Nesse momento, o Vesúvio olhava cá para baixo bem de pertinho, através de campos marrons de lava; e à direita se estendia o golfo em um azul cintilante como uma mistura de malaquita e de lápis-lazúli liquefeitos. Como se fosse empurrada adiante por uma poderosa tempestade, ou como se cada instante fosse o seu último, a frágil casca de noz sobre rodas seguiu rápido, voando pelas terríveis ruas de pedra de *Torre del Greco*, sacudiu-se toda atravessando *Torre dell'Annunziata* e, por fim, alcançou os dióscuros *Hôtel Suisse* e *Hôtel Diomède* (que mediam forças em uma batalha incessante, silenciosa e feroz pela maior atratividade turística) e estacionou em frente ao *Hôtel Diomède*, cujo nome clássico antigo determinou, como da última vez, a escolha do albergue pelo jovem arqueólogo. No entanto, o concorrente suíço e moderno observava com grande serenidade (ao menos aparente) a cena que se desenrolava bem diante de suas portas; sua tranquilidade vinha da consciência de que a água fervida nas panelas de seu vizinho clássico era a mesmíssima água fervida nas suas, e de que as magníficas antiguidades atrativamente dispostas para venda no vizinho continuariam esquecidas lá, sob o pó de dois mil anos; já sabia que nem aquelas, nem as suas iriam a lugar nenhum.

Assim, contra todas as expectativas e previsões, Norbert Hanold se deslocou em questão de poucos dias do norte da Alemanha até Pompeia, conseguindo se alojar no Diomedes — que, se não estava tão cheio de hóspedes, estava lotado da *musca domestica communis*, a mosca comum. Até aquele dia, não notara em seu temperamento nenhuma inclinação às emoções furiosas, porém agora um ódio em relação a esses bichos voadores fervia em seu peito; ele os considerava a mais vil e maligna criação da natureza, cismava que o inverno (o oposto do verão pela falta de moscas) era o único período no qual se podia levar uma vida humanamente digna; além disso, via nas moscas a prova irrefutável da completa inviabilidade de uma ordem mundial coesa. Eis que aqui na Itália elas o recepcionavam muitos meses antes do período no qual Norbert seria vítima de sua infâmia se estivesse na Alemanha; elas já se lançavam sobre ele às dúzias, como se fosse uma vítima muito aguardada, zumbiam pertinho dos seus olhos, zuniam pertinho da sua orelha, enroscavam-se em seus cabelos, voavam roçando o seu nariz, a sua testa, as suas mãos. Algumas moscas o lembravam, por isso, os recém-casados, e decerto diziam também entre si (em sua língua própria) "Meu amado August" e "Minha doce Grete"; ergueu-se na mente do torturado Norbert um desejo intenso por um *scacciamosche*, um mata-moscas tão rico em detalhes quanto aquele que viu no museu etrusco de Bolonha, desenterrado de uma cripta funerária. Quer dizer, então, que essa indigna criatura já era o algoz da humanidade desde a Antiguidade — mais maligna e mais inevitável do que os escorpiões, as cobras venenosas, os tigres e os tubarões, já que estes apenas causavam dano físico, despedaçavam e devoravam suas vítimas; além disso, era possível se proteger deles se tomadas certas precauções. Contra a mosca comum, no entanto, não havia possibilidade de defesa, e ela incapacitava, destruía e, por fim, dilacerava o espírito humano, a capacidade de pensar e de trabalhar, toda elevação moral e todo belo sentimento. E mais: não era levada a isso por fome ou por sede de sangue, mas pelo puro prazer demoníaco de torturar; ela era a "coisa em si" na qual o mal absoluto encontrara sua expressão e sua encarnação. O *scacciamosche* etrusco (uma vara de madeira com diversas tiras de couro fino na ponta) deixava claro: é verdade, então, que as moscas já levavam abaixo os mais elevados pensamentos poéticos nascidos na cabeça de Ésquilo, já levavam o cinzel de Fídias a cometer erros incorrigíveis, já sobrevoavam a testa de Zeus, os seios de Afrodite e todos os deuses e todas as deusas do Olimpo dos pés à cabeça; e Norbert sentia em seu íntimo que os méritos de um ser humano deveriam ser medidos, acima de tudo, pela quantidade de moscas que ele esmagou, empalou, queimou e exterminou em hecatombes diárias ao longo da vida, assumindo o papel de vingador de toda a raça humana desde tempos imemoriais.

Mas faltava-lhe aqui a arma necessária para alcançar tal glória póstuma e, fazendo aquilo que até mesmo o maior herói de batalha da Antiguidade teria feito, caso fosse encurralado, Norbert abandonou o campo de batalha (ou melhor, seu quarto) devido à avassaladora superioridade numérica do vil inimigo. Lá fora lhe ocorreu, de repente, que o esforço que precisara fazer hoje em pequena escala era o que ele precisaria repetir amanhã em escala maior; pelo visto, Pompeia também não ofereceria uma estadia tranquila e apaziguadora aos seus sentidos. Uniu-se ainda a esse pensamento (ao menos vagamente) um outro: o de que a sua insatisfação talvez não fosse causada apenas pelas coisas que o rodeavam, mas também, em parte, pelo que estava dentro de si mesmo. É verdade que sempre lhe foi repulsiva a insistência das moscas, porém elas nunca o tinham levado a um acesso de fúria tão grande quanto esse que teve há pouco. Sem dúvida os seus nervos ainda sofriam de um estado irritadiço e agitado devido à viagem (mas é possível que isso já tenha começado quando Norbert estava em casa, sobrecarregado de trabalho e preso ao ar viciado daqueles cômodos durante todo o inverno). Sentia que estava enervado porque algo lhe faltava — e não sabia esclarecer a si mesmo o quê. Ele levava essa irritação consigo para todos os lugares. É óbvio que enxames de moscas e de recém-casados voando em massa não foram enviados com o objetivo de tornar a vida de ninguém mais agradável, porém se Norbert conseguisse, ao menos por um instante, se libertar de sua nuvem de autoengano, seria impossível seguir ignorando o fato de que ele viajava pela Itália tão cego, mudo, sem sentido e sem rumo quanto os enxames de moscas e de recém-casados — aliás, apenas com uma capacidade bem menor de se sentir entusiasmado. Além disso, a sua única companheira de viagem — a Ciência — tinha muito de velha monja trapista: não abria a boca a menos que falassem com ela (Norbert tinha a impressão de que em pouco tempo ele já nem mesmo saberia mais em que língua deveria se comunicar com ela).

Já era muito tarde para entrar nas ruínas de Pompeia pelo *ingresso*. Lembrando-se, então, de um percurso que fizera certa vez andando sobre os muros antigos da cidade, Norbert tentou escalá-los agarrando-se a arbustos e heras. Assim, conseguiu caminhar uma boa distância em posição um pouco mais elevada do que a da cidade-sepultura, que, muda e imóvel, estendia-se à sua direita. Surgia como um campo de escombros, já parcialmente coberta por sombras, pois o pôr do sol a oeste já não se encontrava mais tão distante da superfície do mar Tirreno. Ao redor da cidade, no entanto, o pôr do sol inundava com um brilho fabuloso e cheio de vida todos os picos das montanhas e todas as planícies, tornava dourada a coluna de fumaça que se erguia da cratera do Vesúvio, vestia de púrpura os cimos e os pináculos do monte Sant'Angelo. O monte Epomeo se erguia, alto e solitário, sobre o mar — cuja maresia cintilava de um azul perolado e sobre o qual se elevava também o cabo Miseno, com seu contorno sombrio semelhante a uma silhueta titânica. Onde quer que o olhar pousasse, estendia-se alguma imagem magnífica que irmanava imponência e graciosidade, passado distante e alegre presente. Norbert Hanold pensava achar ali aquela coisa que buscava em seu indefinido anseio. Ainda assim, ele não se encontrava no estado de espírito adequado, apesar de não haver, nos muros abandonados, nenhum casal e nenhuma mosca que o importunassem: nem mesmo a natureza conseguia lhe oferecer aquilo de que ele sentia falta tanto fora quanto dentro de si. Com uma tranquilidade que beirava a indiferença, deixou o olhar correr pela profusão de beleza sem se lamentar nem um pouco de que ela se desvanecesse e apagasse em breve, ao anoitecer, retornando ao Diomedes, enfim, tão insatisfeito quanto ali chegara.

☦

Como já tinha mesmo ido parar aqui — *invita Minerva* —, guiado por sua imprudência, Norbert decidiu durante a noite que ele tentaria arrancar da tolice cometida ao menos um dia de trabalho acadêmico útil; com isso em mente, assim que o *ingresso* foi aberto, logo cedo, ele adentrou Pompeia pelo caminho oficial. Atrás e à frente de Norbert vagava a população atual das duas pousadas, dividida em pequenas tropas comandadas pelos guias obrigatórios (munidas, todas elas, de seus Baedeker vermelhos ou, então, dos primos estrangeiros, e formadas sempre de pessoas cobiçosas de secretas escavações de si mesmas); a brisa matinal, ainda fresca, era invadida quase que só por tagarelice britânica e anglo-americana, o que significa que os casais alemães (lá em Capri, do outro lado do golfo, atrás do monte Sant'Angelo) decerto alegravam-se uns aos outros com doçuras e paixão germânicas à mesa do café da manhã no Hotel Pagano, seu novo quartel-general. Norbert sabia já há tempos como se livrar bem rápido da inconveniência de um *guida*: escolhendo as palavras certas, dava-lhes uma boa *mancia* para, enfim, seguir seus próprios caminhos, desimpedido e só. Trazia-lhe certa satisfação notar que tinha uma memória impecável: onde quer que seu olhar pousasse, jaziam e se erguiam todas as coisas tal qual ele se lembrava delas, como se as tivesse gravado ontem mesmo na mente por exímia observação. Entretanto, notar a cada instante que se lembrava de tudo trazia consigo a impressão de que sua presença era, na verdade, desnecessária; e de pouco em pouco foi tomando conta de seus olhos e de seu espírito uma firme indiferença, bastante semelhante àquela que sentiu no anoitecer anterior, caminhando sobre o muro. Erguendo os olhos, via que a coluna de fumaça do Vesúvio se elevava contra um céu quase todo azul, mas estranhamente não lhe veio à memória, nem mesmo uma única vez, o fato de ter sonhado, há algum tempo, que presenciou o soterramento de Pompeia pela erupção do ano de 79. Vagar por horas a fio decerto o cansou e o deixou um pouco sonolento, mas nada de onírico passou pela mente de Norbert, muito pelo contrário: havia ao seu redor apenas um emaranhado de pedaços de arcadas, colunas e muros antigos, todos muito significativos para a Arqueologia, é claro, mas que sem o auxílio esotérico dessa ciência não eram, na verdade, muito mais do que um grande monte de entulho sem graça (ainda que muito bem ajeitado). E apesar de a Ciência e os sonhos estarem quase sempre em pé de guerra, parece que entraram em acordo, justo aqui e agora, só para que ambos privassem Norbert Hanold de seus auxílios e o deixassem completamente abandonado ao sem-sentido de suas errâncias e de suas permanências.

Norbert vagou a esmo do Fórum ao Anfiteatro, da *Porta di Stabia* à *Porta del Vesuvio*, pela rua dos Sepulcros e por incontáveis outras; enquanto isso, o sol também percorreu seu caminho matutino habitual, alcançando aquele ponto a partir do qual costuma transformar sua subida de lá das costas montanhosas em uma descida (muito mais cômoda) para o lado do mar. Com esse movimento o sol acabava sinalizando aos ingleses e norte-americanos (homens e mulheres que se sentiam obrigados, por alguma espécie de código de honra das viagens, a aguentar até aqui) que já era, enfim, hora de se regalarem da grande comodidade de só se sentarem à mesa de almoço das duas hospedarias dióscuras (para a grande alegria de seus guias incompreendidos e roucos de tanto falar); além disso, a essa altura os viajantes já haviam visto com os próprios olhos tudo o que era necessário para se manter uma boa *conversation* do outro lado do Oceano ou do Canal da Mancha, portanto as tropas — já saciadas de Antiguidade — foram levadas por seus estômagos a bater em retirada, recuando todas de uma vez pela *Via Marina* para não perderem os bons lugares às mesas de almoço do Tempo Presente lá no Diomedes e lá no Mr. Swiss (que só com muito eufemismo seriam consideradas mesas "dignas de Lúculo"). Analisando em perspectiva todas as circunstâncias internas e externas, aquela era sem dúvida a decisão mais inteligente que poderiam ter tomado: se por um lado é verdade que o sol do meio-dia do mês de maio se esforçava para arder generosamente sobre as lagartixas, as borboletas e alguns outros moradores e visitantes alados daquelas amplas ruínas, é também verdade, por outro lado, que a sua ardência vertical era bem menos amável sobre a tez nórdica de uma *mistress* ou de uma *miss*. E isso tinha decerto alguma relação causal com o fato de os *charmings* já terem diminuído bastante ao longo da última hora, de os *shockings* já terem aumentado na mesma proporção, e os "Oh!" masculinos (surgidos de bocas cada vez um pouco mais abertas) já terem começado a ultrapassar o inquietante limiar que leva ao bocejo.

O estranho é que com esse debandar de turistas aquilo que outrora fora a cidade de Pompeia começava a ganhar uma face totalmente diversa. Não se tratava de uma face mais viva, muito pelo contrário: apenas agora é que ela parecia se petrificar de fato na imobilidade da morte. Mas nascia também, dessa imobilidade, um vago sentimento de que a morte começava, enfim, a falar — só que não de um modo compreensível ao ouvido humano. Ainda assim, algo parecia ressoar aqui e acolá, como se uma espécie de rumor sussurrante subisse dos escombros; quem o causava, porém, era o vento do sul, o velho *Atabulus*, murmurando baixinho: aquele mesmo vento que cantarolava dois mil anos atrás pelos templos, salões e mansões, e que agora perdia seu tempo a brincar com a relva tremeluzente e verde que vacila sobre os baixos destroços de muros. No passado, ele muitas vezes rugia vindo da costa da África para cá, bradando a plenos pulmões o seu ferocíssimo zunido; hoje já não fazia nada disso, apenas abanava, doce, seus poucos e velhos conhecidos que também conseguiram voltar a ver a luz do dia. *Atabulus* só não conseguia se livrar daquele seu velho ar (daquele temperamento que tinha desde o seu nascimento no deserto), e por isso sempre ventava com um sopro ardente (mesmo que de mansinho) sobre o que encontrava pela frente.

Nisso tudo o auxiliava a luz solar, que era sua mãe eternamente jovem. Ela fortalecia o hálito escaldante do vento e consumava, enfim, aquilo de que ele não era capaz: banhava tudo com seu esplendor tremeluzente, cintilante, ofuscante. Como se tivesse em mãos uma lâmina dourada, apagava qualquer mínimo sinal de sombra nas laterais das casas ao longo das *semitae* e *crepidines viarum* (como era chamada outrora a calçada), lançava seus mais potentes feixes de luz sobre todos os *vestibula, atria, peristylia* e *tablina* — e onde porventura houvesse teto que lhes impedisse a entrada direta, conseguia esgueirar seu clarão por debaixo da cobertura. Quase já não havia mais canto nenhum que conseguisse se proteger da inundação de luz e se revestir em prateada trama de penumbra; cada rua se esticava entre os antigos muros como se fosse uma longa faixa de linho claro e úmido, faixa estendida e posta para branquear. E — sem exceção — todas as ruas estavam mudas e imóveis, pois não apenas tinham sumido dali os estridentes e anasalados emissários da Inglaterra e da América, mas também parecia ter abandonado as emudecidas ruínas toda aquela vida comezinha que os lagartos e as borboletas levavam ali até então. Lagartos e borboletas por certo não abandonaram a cidade, mas o olhar não conseguia perceber movimento nenhum deles. Faziam o que há milhares de anos já fora costume de seus antepassados, entre despenhadeiros e penhascos: quando o grande Pã se deitava para dormir, eles (tentando não o incomodar) esticavam-se imóveis sobre as rochas ou, juntando as asas, encolhiam-se ali por perto. E era como se em Pompeia eles sentissem de maneira ainda mais forte esse imperativo da ardente e sagrada quietude do meio-dia, em cuja hora fantasmagórica a vida precisava se calar e se curvar, pois os mortos despertavam e começavam a conversar na muda língua dos espíritos.

Essa outra face que ganhavam as coisas ao seu redor não se impunha tanto aos olhos de Norbert — o que fazia era acessar suas emoções (ou, melhor dizendo, acessar uma espécie de sexto sentido ainda sem nome), mas isso ocorria de maneira tão potente e duradoura que era impossível escapar a seus efeitos. Entre todos os estimados hóspedes sentados às mesas dos dois *alberghi* próximos ao *ingresso* (e já ocupados com suas colheradas de sopa), dificilmente algum ou alguma seria capaz de sentir emoções desse tipo; Norbert Hanold, todavia, era por natureza tão predisposto a elas que precisava lidar com suas consequências. Não que ele estivesse de acordo com isso, claro que não — afinal, muito mais do que se lançar a essa viagem primaveril despropositada, ele só queria ter permanecido em seu escritório, tranquilo, com um livro instrutivo em mãos. Agora, porém (retornando da rua dos Sepulcros ao interior da cidadela, passando pelo Portão de Hércules e, sem querer e sem pensar, virando à esquerda em frente à *Casa di Sallustio*, em um minúsculo *vicolo*), aquele sexto sentido despertava de repente em Norbert. Na verdade, a última frase não foi tão adequada assim; o que ocorreu foi que esse sexto sentido o deslocou para uma espécie de estado insolitamente onírico que se equilibrava em um ponto mais ou menos equidistante da vigília e do sono. Como se guardasse por todos os cantos algum segredo, uma mudez mortal e banhada de luz solar jazia ao redor de Norbert; não se ouvia um respiro sequer, e era quase como se até mesmo o seu próprio peito mal ousasse inspirar aquele ar. Ele estava em um cruzamento de ruas, o *Vicolo di Mercurio* atravessava a *Strada di Mercurio*, muito mais larga e que se esticava para a direita e a esquerda; em conformidade com o deus do comércio, no passado as feiras e as tendas ficavam bem aqui — as esquinas das ruas ainda falavam mudamente disso. Incontáveis vendas, com suas mesas de mostruário em mármore quebrado, e *tabernae* se abriam a elas: aqui a disposição do espaço indicava que havia uma padaria, acolá a quantidade de jarros de barro grandes e bojudos indicava um comércio de óleo e de farinha. Do outro lado, as ânforas com alças, esguias e dispostas sobre o balcão, davam a entender que o espaço atrás delas já fora uma taberna, e decerto escravos e servas das redondezas também se acotovelavam aqui à noitinha para buscar com seus próprios jarros o vinho *caupona* para seus senhores; via-se que a inscrição na *semita* da loja (ilegível, formada por pedrinhas de mosaico) fora pisada por incontáveis pés — decerto ela louvava o *vini praecellentis* àqueles que passavam por ela. Também se via no muro um *graffito* de mais ou menos um metro (feito sobre o reboco, muito provavelmente por alguma criança que usava sua própria unha ou algo de ferro) que decerto explicava, com ironia, aquele enaltecimento todo lido na inscrição oficial ao informar, por sua vez, que o vinho do taberneiro devia a tal da fama inigualável à quantidade nada pequena de água que punham nele.

    Parecia destacar-se desse garrancho, ao menos aos olhos de Norbert Hanold, a palavra *caupo* — mas talvez fosse ilusão, não tinha certeza. Norbert podia decifrar até mesmo os *graffiti* mais intrincados, já tinha realizado trabalhos bastante célebres na área, porém nesse momento sua habilidade o abandonou por completo. Além disso, carregava agora consigo um vago sentimento de que não entendia mais nada de latim e de que era absurdo pensar que ele pudesse ler o que um pompeiano em idade escolar rabiscara na parede há dois mil anos. Esses seus conhecimentos não apenas o abandonaram, mas o deixaram também sem o mínimo desejo de reencontrá-los; Norbert se lembrava de tais conhecimentos como se os avistasse a uma enorme distância, e sentia como se fossem alguma tia velha, seca e chatíssima, a criatura mais maçante e desnecessária da face da Terra. Tudo o que ela tagarelava e palestrava com seus lábios murchos e sua cara de erudita (como se revelasse uma grande sabedoria) era, na verdade, de um pedantismo presunçoso e vazio, eram palavras que mal roçavam a casca mirrada do fruto do conhecimento, que nada revelavam de seu interior, de sua essência, e que tampouco levavam a desfrutar intimamente de sua compreensão. O que ela ensinava era só contemplação arqueológica sem vida nenhuma, o que saía de sua boca era só linguajar filológico morto. Nada levava a nenhuma compreensão da alma, da mente, do coração (ou seja lá como isso se chame), e quem quer que buscasse em seu íntimo isso tudo precisava ficar aqui neste tórrido silêncio do meio-dia, o único ser vivo de pé entre destroços de um passado, e deveria tentar ver (não mais com os olhos do corpo) e ouvir (não mais com as orelhas da carne). Só então é que surgia algo de todos os lados e, sem se mover, passava a falar silenciosamente — só então é que o sol desfazia a rigidez tumular das velhas rochas, um arrepio ardente as percorria, os mortos se levantavam e Pompeia começava a voltar à vida.

Os pensamentos de Norbert Hanold não eram bem blasfemos, porém o vago sentimento que o atravessava mereceria decerto esse duro adjetivo — mergulhado em tal sentimento, Norbert observava, imóvel, a *Strada di Mercurio*, que se estendia à sua frente em direção aos muros da cidade. As pequenas pedras de lava angulares do chão estavam tão impecavelmente enfileiradas quanto antes do soterramento e tinham, se observadas de perto, uma coloração cinza-clara; ainda assim, um brilho tão ardente refulgia sobre elas que pareciam ser uma espécie de fita macia, branco-cinzenta, cintilando estirada entre os mudos muros e as ruínas de colunas.

Mas então, de repente...

Ele observava a rua — e, apesar de estar de olhos abertos, era como se a olhasse dentro de um sonho. Nesse sonho, algo surgiu de repente um pouco à direita, algo que saía da *Casa di Castore e Polluce*; assim, andando pelo caminho de pedras de lava que atravessava a *Strada di Mercurio* e levava à calçada do outro lado, eis que surgiu a Gradiva, ágil e graciosa.

Era de fato ela, não havia dúvida; ainda que os raios de sol envolvessem sua figura em algo como um fino véu dourado, Norbert a distinguiu com clareza quando a viu de perfil — a posição que tinha no baixo-relevo. A cabeça (envolta em um lenço que recaía sobre seu pescoço) inclinava-se de leve para a frente, a mão esquerda levantava um pouco a túnica ricamente vincada e, sem ultrapassar os tornozelos, acabava mostrando que, no movimento de andar, o pé direito se erguia e permanecia (mesmo que por um só segundo) na ponta dos dedos, seu calcanhar quase na posição vertical. A diferença é que não se tratava aqui de uma escultura de pedra representando tudo em homogeneidade incolor: a túnica (feita, ao que parece, de um tecido bastante macio e fino) não tinha o branco frio do mármore, e sim uma coloração quente que puxava um pouco para o amarelado; e o cabelo levemente ondulado (coberto pelo véu, mas entrevisto sobre a fronte e as têmporas) tinha um brilho castanho-dourado que se destacava bastante daquele rosto branco como o alabastro.

Ao mesmo tempo que a enxergava, ressurgia com clareza na memória de Norbert a consciência de que já a havia visto andar assim em sonho, aqui, à noite; já havia visto a maneira que ela se deitara calmamente sobre os degraus do Templo de Apolo (ali no Fórum), como se fosse só dormir. E com essa lembrança surgiu também em sua mente, pela primeira vez, outra coisa: percebeu que viajara à Itália e, sem permanecer nem em Roma, nem em Nápoles, e sem nada saber do impulso que o movia, percorrera todo o caminho até Pompeia por um único motivo: precisava descobrir se conseguiria encontrar rastros de Gradiva aqui. E "rastros" no sentido mais literal, porque seu modo especial de andar devia decerto deixar para trás, nas cinzas, alguma marca dos passos que fosse diferente de todas as demais.

Aquela figura que se movia ali, à sua frente, era só mais uma visão onírica do meio-dia — e, no entanto, era real. Isso porque havia reações concretas provocadas por ela. Um grande lagarto (cuja escama reluzia aos olhos de Norbert, como se fosse tecida em ouro e malaquita) jazia estirado e imóvel sob a tórrida luz do sol ali na última pedra que levava ao outro lado da rua. Justo no momento que o pé de Gradiva se aproximaria, porém, esse lagarto disparou de repente para longe, serpenteando por entre as brancas cintilações das pequenas pedras de lava.

Gradiva atravessou a rua em sua apressada calma e, de costas para ele, chegou à calçada do outro lado, de modo que seu destino parecia ser agora a Casa de Adônis. Ela de fato parou por um instante em frente ao lugar, mas logo seguiu seu caminho, descendo a *Strada di Mercurio* como se tivesse mudado de ideia. Das construções mais imponentes apenas havia ainda, à esquerda, a *Casa di Apollo* (assim chamada por conta das inúmeras imagens de Apolo ali descobertas) e, enquanto a observava, Norbert se lembrou outra vez de que no sonho Gradiva havia escolhido justo o *porticus* do Templo de Apolo para seu sono de morte. Então ela decerto tinha alguma relação próxima com o *cultus* do deus do sol e estava indo agora até lá. Mas logo parou de novo; um caminho de pedra levava até a outra calçada, e Gradiva seguiu por ele, retornando ao lado direito da rua. Dessa maneira, ela lhe mostrava o outro lado do perfil, e por isso pareceu a Norbert um bocado diferente, já que a mão esquerda (que erguia a barra da túnica) não era visível desse lado, deixando à vista, no lugar do braço esquerdo dobrado, o braço direito pendente, reto. A essa grande distância, porém, as ondulações douradas do sol a envolviam em um véu ainda mais denso e — desaparecida de repente perto da Casa de Meleagro — não deixavam mais distinguir em que lugar ela foi parar.

Norbert Hanold permaneceu ali, não movia um músculo sequer. Somente com os olhos (e desta vez os olhos corpóreos) ele assimilava o passo a passo de seu desaparecimento. E só agora, após algum tempo durante o qual até mesmo o seu peito ficara quase imóvel, é que ele respirava fundo pela primeira vez.

Enquanto isso, no entanto, seu sexto sentido o dominou por completo, reduzindo os demais a nada. Aquilo que ele viu há pouco à sua frente fora um produto de sua fantasia ou fora mesmo realidade?

Ele não sabia, também não sabia se estava acordado ou se estava sonhando, tentava em vão voltar a si. De repente, um estranho calafrio percorreu sua espinha. Ele não enxergava e não ouvia nada, mas sentia pelas secretas vibrações de seu ser que, ao seu redor, Pompeia começava a voltar à vida àquela hora fantasmagórica do meio-dia; sendo assim, Gradiva decerto voltava também à vida e decerto tentava, agora, visitar a casa que habitara até aquele catastrófico dia de agosto do ano de 79.

Norbert já conhecia a *Casa di Meleagro* de uma viagem anterior, porém desta vez ainda não a tinha adentrado, havia só parado por instantes (durante sua visita ao *Museo Nazionale* de Nápoles) em frente ao afresco de Meleagro e sua companheira de caça arcádia, Atalanta, afresco que fora encontrado justo naquela casa da rua de Mercúrio e em homenagem ao qual ela fora nomeada *Casa di Meleagro*. Contudo, agora que Norbert se mexeu de novo e por fim entrou na casa, pareceu-lhe duvidoso que ela tivesse de fato recebido o nome por causa do algoz do javali caledônio. Norbert se lembrou, de repente, de um certo poeta grego também chamado Meleagro, mas que vivera mais ou menos um século antes da destruição de Pompeia. É possível, entretanto, que algum descendente do poeta tenha vindo parar aqui e construído a casa. Isso parecia estar de acordo com outra coisa que ressurgia em sua memória: ele se lembrava de sua hipótese — ou melhor, daquela sua espécie de certeza — de que Gradiva tinha ascendência grega. Sem dúvida se misturava também a essa ideia a figura de Atalanta, tal qual descrita por Ovídio em uma das *Metamorfoses*:

Uma fíbula polida trincava-lhe o cimo da veste,
o seu cabelo caía símples, apanhado num único nó.[2]

Não conseguia se lembrar da formulação exata dos versos, mas o conteúdo dominava sua mente; e de seu arcabouço mental surgiu ainda outra ponderação: a de que a jovem esposa de Meleagro — filho de Eneu — chamava-se Cleópatra. Ainda assim, a probabilidade maior era mesmo a de que se tratasse não dele, e sim do poeta grego Meleagro. Sob o ardor do sol da Campânia esvoaçavam, desse modo, pensamentos mitológico-histórico-literário-arqueológicos dentro de Norbert.

Passando pela Casa de Castor e Pólux e pela Casa do Centauro, estava agora em frente à *Casa di Meleagro*, em cuja entrada se podia ver inscrita (ainda conservada e legível) a saudação *Ave*. Pintado na parede do vestíbulo, Mercúrio entregava à Fortuna uma bolsa cheia de ouro — é possível que a imagem indicasse, de maneira alegórica, a riqueza do antigo morador e outras circunstâncias a ele favoráveis. Atrás se abria o átrio, cujo centro era tomado por uma mesa redonda de mármore apoiada sobre três grifos.

O cômodo estava vazio, silencioso e, enquanto o adentrava, Norbert percebia que o lugar não evocava memória nenhuma de que ele já tivesse estado aqui: parecia-lhe absolutamente desconhecido. Logo em seguida,

---

2   OVÍDIO. *Metamorfoses*. (Tradução de Paulo Farmhouse Alberto). Lisboa: Cotovia, 2007. (VIII, v.318-319)

entretanto, a lembrança emergiu, em parte porque o interior da casa era muito diferente daquele das demais construções escavadas na cidade. O peristilo não se ligava ao átrio pelo fundo, para lá do tablino, como seria costume, e sim pelo lado esquerdo; em compensação, era muito mais amplo e magnificamente decorado do que qualquer outro em Pompeia. Era contornado por uma colunata feita de duas dúzias de colunas pintadas de vermelho na parte inferior e pintadas de branco na parte superior. Elas conferiam ao grande e silente cômodo um caráter solene; além disso, havia no centro um antigo tanque de peixes no formato de uma fonte com as bordas ricas em detalhes. Afinal de contas, a casa deve ter servido de moradia a um homem ilustre, culto e de grande sensibilidade artística.

Os olhos de Norbert vasculharam o local, suas orelhas atentavam a tudo. Mas nada se movia, não soava um barulho que fosse. Entre essas rochas não havia um sopro de vida sequer — se Gradiva adentrou a Casa de Meleagro, decerto já se desfez de novo no ar.

Na parte de trás do peristilo se encontrava outro cômodo, um *oecus* (o antigo salão solene), também ladeado de colunas em três de suas laterais, porém colunas pintadas de amarelo e que, vistas de longe, pareciam cintilar sob a luz solar como se fossem folheadas a ouro. Brilhava entre elas, contudo, um tom de vermelho muito mais ardente do que aquele que havia nas paredes, pois o vermelho que havia no chão não fora colorido por nenhum pincel da Antiguidade, e sim, hoje, pela jovem Natureza. O pavimento que no passado cobria o chão estava todo destruído, deteriorado e gasto, porém o mês de maio exercia aqui outra vez seu arcaico domínio e cobria todo o *oecus* (assim como diversas outras casas da cidade-sepultura nessa mesma época) de papoulas do campo em flor, vermelhas, cujas sementes o vento trouxera até aqui e as cinzas fizeram brotar. Ondulavam como um denso lago de flores, ou assim pareciam, apesar de estarem imóveis, já que o *Atabulus* não conseguia alcançá-las aqui embaixo e apenas soprava fraquinho bem lá no alto, indo para longe. Ainda assim, o sol resplandecia de modo tão ardente sobre as flores que se tinha, sim, a impressão de que elas oscilavam para cá e para lá sobre as águas vermelhas de um lago.

Os olhos de Norbert Hanold percorreram cenas parecidas de maneira absolutamente desinteressada em diversas outras casas de Pompeia, mas aqui ele se sentia atravessado por um arrepio peculiar. A flor onírica nascida à beira do rio Lete enchia o lugar; Hipnos estava estirado entre as flores e, do sumo que a noite reunira nos cálices vermelhos, ele distribuía uma sonolência que entorpece os sentidos. Atravessando o *porticus* do peristilo e entrando no *oecus*, parecia a Norbert que as suas têmporas tinham sido tocadas pelo invisível cajado de sono desse antigo domador de deuses e de humanos; no entanto, sua consciência não foi tomada por nenhum entorpecimento pesado, e sim apenas envolvida em doce, onírico encanto. Por esse motivo, permaneceu o tempo todo senhor de seus próprios passos, andou para cá e para lá ao longo da parede do antigo salão solene, de onde o encaravam antigas figuras: Páris compartilhando sua maçã; um sátiro segurando uma cobra venenosa e assustando, com ela, uma jovem bacante.

De repente, porém, outra coisa inesperada aconteceu — a apenas cinco passos dele, sob a minúscula sombra lançada pelo único pedaço ainda conservado do topo do *porticus* do salão, via-se sentada entre duas colunas amarelas, nos degraus mais baixos, uma certa figura feminina em roupas claras que agora erguia um pouco a cabeça com um levíssimo movimento. Assim, a figura revelava a sua face àquele homem que chegara despercebido, cujos passos ela, ao que parece, só ouvira agora, e essa face causou nele uma sensação dúbia: se, por um lado, parecia desconhecida aos olhos de Norbert, por outro parecia também conhecida — já vista ou então já imaginada. Logo, porém, pelo vacilar de sua própria respiração e pelo palpitar de seu próprio coração, Norbert teve certeza de a quem pertencia aquele rosto. Encontrou, por fim, aquilo que buscava, aquilo que o levou a Pompeia sem que ele nem ao menos o soubesse: era Gradiva, que continuava viva, aqui, naquela existência ilusória possível durante a hora fantasmagórica do meio-dia; ela estava sentada ali à sua frente, tal qual ele a vira em sonho sentada nos degraus do Templo de Apolo. Havia algo branco esticado sobre os seus joelhos, algo que Norbert ainda não era capaz de discernir com clareza; parecia ser uma folha de papiro, e em cima dela havia uma flor de papoula que, com seu brilho vermelho, destacava-se.

Uma expressão de surpresa atravessava o rosto de Gradiva; sob aquela bela fronte cor de alabastro e sob aqueles cabelos castanhos e brilhantes, seus extraordinários olhos — claros como estrelas — encaravam Norbert com uma espécie de espanto indagativo. Apesar disso, foram necessários não mais do que alguns segundos para que Norbert reconhecesse em seus traços aqueles mesmos do rosto representado de perfil no baixo-relevo. Assim deviam ser os traços vistos de frente, e justo por isso é que eles não lhe pareceram de todo desconhecidos quando a avistara pela primeira vez. Vista de perto, sua túnica branca parecia ganhar um tom ainda mais quente por conta de sua leve inclinação à cor amarela; parecia feita de uma lã fina e muito macia, o que resultava no rico efeito vincado, e desse mesmo tecido parecia feito também o véu que envolvia sua cabeça. Abaixo do véu, na nuca, reluzia parte de seu cabelo castanho que caía simples, apanhado num único nó; na parte da frente, em torno do pescoço e abaixo do delicado queixo, uma pequena fíbula dourada mantinha a veste presa.

Isso tudo era apreendido pela mente de Norbert Hanold, de maneira bastante vaga; sem que se desse conta, levou as mãos ao seu leve chapéu-panamá, puxou-o, e então brotaram de seus lábios as seguintes palavras em língua grega:

— És Atalanta, filha de Íaso, ou és da estirpe do poeta Meleagro?

Sem dar resposta, Gradiva o encarou de volta, muda, os olhos brilhando em sua expressão calma mas perspicaz; nisso, dois pensamentos cruzaram a mente de Norbert: ou sua figura ressuscitada não tinha a capacidade de falar ou ela não era de ascendência grega e, por isso, não falava o idioma. Sendo assim, Norbert trocou a língua grega pela língua latina, perguntando:

— Era o teu pai algum ilustre cidadão pompeiano de origem latina?

Ela tampouco respondeu à segunda pergunta, mas algo como um leve tremor percorreu seus lábios cheios, belos, como se eles segurassem um ataque de riso. Um terror o dominava agora; parecia que aquela figura sentada à sua frente era muda, um espectro ao qual a capacidade da linguagem fora negada. O desalento frente a essa conclusão tomou conta do rosto de Norbert.

Nisso, porém, os lábios de Gradiva já não puderam mais resistir ao impulso, e então um verdadeiro sorriso despontou neles; ao mesmo tempo, soou uma voz por entre aqueles lábios:

— Se o senhor quiser falar comigo, precisa ser em alemão.

Sem dúvida era estranho demais que isso saísse da boca de uma pompeiana morta há dois mil anos ou ao menos o seria para quem a ouvisse em estado mental diverso daquele de Norbert. Mas qualquer possível estranhamento abandonou rápido a mente do arqueólogo quando duas diferentes percepções o atingiram em cheio, como ondas: uma percepção de que Gradiva possuía, sim, a capacidade de falar; e ainda outra, que fora arrancada do mais íntimo do seu ser pela voz de Gradiva. Aquela voz soava de modo tão claro quanto eram claros os seus olhos; não era estridente, mas lembrava o ecoar de um sino, e esse som percorria o silêncio ensolarado que reinava sobre as papoulas em flor; de repente, o jovem arqueólogo se deu conta de que dentro de si, dentro de sua imaginação, ele já havia escutado essa voz. Sem perceber, expressou sua sensação em alto e bom som:

— Eu sabia que a tua voz soaria assim.

Lia-se no rosto de Gradiva que ela se esforçava muito para entender, mas simplesmente não conseguia. Por fim, respondeu à última observação de Norbert:

— Como o senhor poderia saber? Afinal, o senhor nunca falou comigo.

Ele já nem ao menos atentava à estranheza de ela falar alemão ou de tratá-lo (como é costume hoje em dia) por "senhor"; só o fato de ela tê-lo feito já bastava para que aceitasse, para além de qualquer dúvida, que as coisas não poderiam ter ocorrido de maneira diversa, e por isso respondeu bem rápido:

— Não, nunca falei, mas eu te chamei quando te deitaste para dormir e permaneci ao teu lado; teu rosto era tão calmo, belo, parecia feito de mármore. Será que eu poderia te pedir, por favor, deita outra vez o rosto, assim, sobre o degrau ali atrás...

Enquanto ele falava, algo curioso ocorreu. Uma borboleta dourada subiu das flores de papoula (a parte interna das asas superiores era levemente tingida de vermelho), voejou aqui para perto das colunas, esvoaçou umas duas vezes em torno da cabeça de Gradiva e pousou sobre o cabelo castanho, ondulado, que emoldurava sua fronte. Enquanto isso, um ímpeto crescera nela, alto e resoluto, pois se levantou com um movimento calmo--agitado, lançou, silenciosa e rápida, mais um olhar a Norbert Hanold (olhar que parecia mesmo dizer que ela o achava louco) e, estendendo o pé, caminhou para longe dali naquela sua maneira habitual de andar, seguindo ao longo das colunas do antigo *porticus*. Tênue, pouco visível ainda, ela parecia prestes a sumir.

Ele permaneceu ali, sem fôlego, como que entorpecido, mas de dentro de sua consciência turva ainda conseguiu compreender o que se passara diante de seus olhos. A hora fantasmagórica do meio-dia acabara e uma mensageira alada (na forma de uma borboleta do campo de asfódelos do Hades) subira até ali para advertir a figura desgarrada de que já era hora de retornar. Outro pensamento se unia a esse na mente de Norbert, ainda que de maneira confusa, indistinta. Ele sabia que aquela bela borboleta dos países mediterrâneos se chamava cleópatra, e sabia também que a jovem esposa do Meleagro caledônio carregava o mesmo nome — aquela que, sofrendo a morte do marido, sacrificou-se aos seres do mundo inferior.

Irrompeu, então, da boca de Norbert mais um chamado àquela que partia:

— Voltarás aqui amanhã ao meio-dia?

Porém ela não se virou, não respondeu e, enfim, desapareceu após poucos instantes no canto do *oecus*, atrás das colunas. Nesse momento, uma espécie de impulso percorreu, brusco, seu corpo e o fez correr atrás de Gradiva. Contudo já não se podia ver a túnica clara da pompeiana em lugar nenhum e, ardendo sob a luz solar, a *Casa di Meleagro* se erguia ao redor de Norbert, muda e imóvel — só a cleópatra voejava por ali com suas asas douradas e seu brilho avermelhado, fazendo lentos círculos e adejando sobre a densa multidão de flores de papoula.

☦

Quando e como ele retornou ao *ingresso* eram informações que simplesmente não se agarraram à sua memória — só o que ele ainda sabia era que seu estômago havia exigido com urgência que ele comesse algo no Diomedes (mesmo tão tarde), que havia partido sem rumo pelo primeiro caminho que lhe pareceu adequado, e que havia vagado pelo litoral do golfo, ao norte de *Castellammare*, onde se sentou sobre um bloco de lava e deixou que a brisa do mar soprasse em seus cabelos até o sol se pôr mais ou menos entre o monte Sant'Angelo (para lá de Sorrento) e o monte Epomeo (em Ischia). Apesar de ter ficado tantas horas junto ao mar, seu estado de espírito não melhorou em nada após esse contato com a brisa fresca; Norbert voltou, enfim, à hospedaria basicamente com a mesma disposição mental que tivera ao deixá-la. Encontrou os demais hóspedes entregues, diligentes, à *cena*, sentou-se em um canto do aposento, pediu um *fiaschetto* de vinho do Vesúvio e se pôs a observar os rostos dos hóspedes que jantavam, ouvindo suas conversas. Tanto dos seus rostos quanto de suas conversas se podia depreender, sem sombra de dúvida, que nenhum dentre eles se encontrara ou conversara por acaso com uma pompeiana morta, momentaneamente trazida de volta à vida ao meio-dia. Mas isso já era óbvio, pois ao meio-dia todos eles se ocupavam do *pranzo*; sem saber ao certo a razão ou a finalidade do que fazia, caminhou depois de algum tempo até o concorrente do Diomedes, o *Hôtel Suisse*, sentou-se também lá em um canto e, como precisava pedir algo, pediu outra vez uma pequena garrafa de vinho do Vesúvio, lançando-se de olhos e orelhas atentos à mesma observação que realizara no Diomedes. Ele chegou à mesmíssima conclusão — e também a uma segunda: a de que agora ele conhecia de rosto todos os atuais visitantes (vivos) de Pompeia. Isso significava uma expansão de seus conhecimentos (uma que ele, no entanto, com certeza não chamaria de "enriquecimento"); ainda assim, certo sentimento de satisfação nascia do fato de que, homem ou mulher, não havia nem mesmo um único hóspede nas duas hospedarias com o qual Norbert já não tivesse estado em contato direto (ainda que de modo unilateral) através de sua observação e de sua escuta. É claro que de maneira nenhuma passou por sua cabeça a ideia absurda de que poderia se deparar com

Gradiva em alguma dessas hospedarias; mas agora ele tinha certeza de que, além disso, ninguém ali possuía o mínimo traço que fosse de semelhança física com ela. Enquanto os observava, Norbert enchia, de tempos em tempos, sua taça com o vinho do *fiaschetto*, vez ou outra a esvaziava, e quando por fim a garrafa ficou também vazia, ele se levantou e retornou ao Diomedes. Incontáveis estrelas enchiam o céu, piscando e cintilando, mas não da maneira tradicional (e imóvel): Norbert tinha a impressão de que Perseu, Cassiopeia e Andrômeda (além de alguns vizinhos e vizinhas) realizavam uma lenta dança circular, inclinando-se de leve para cá e para lá; também aqui embaixo, na superfície da Terra, parecia a Norbert que as silhuetas negras das árvores e das construções não estavam decerto paradas em seus devidos lugares. Isso, é claro, não devia causar grande surpresa, levando em conta que aquele solo era mesmo passível de estremecimentos desde tempos imemoriais; o ardor subterrâneo estava sempre à espreita, em busca de alguma maneira de chegar à superfície, e fazia chegar um pouco de si às videiras e às uvas das quais era feito o vinho do Vesúvio — que, ademais, não estava entre as habituais bebidas noturnas de Norbert Hanold. Contudo isso fez com que se lembrasse de que as coisas todas já demonstravam certa tendência a se moverem de leve ao seu redor desde o meio-dia (apesar de — quem sabe — o vinho de agora ter talvez alguma culpa também), e por isso Norbert não via nada de novo nesses giros um pouco mais fortes, só mesmo uma continuação daquilo que já ocorria. Ele subiu à sua *camera* e ficou ainda um pouquinho junto à janela contemplando o contorno do Vesúvio — de seu pico não saía fumaça nenhuma, mas um certo agasalho púrpura-escuro o encobria e ondulava para cá e para lá. O jovem arqueólogo se despiu, então, sem acender nenhuma luz, e foi apalpando, depois, no breu, até encontrar sua cama. Quando se deitou sobre ela, no entanto, não se tratava mais de seu leito no Diomedes, e sim de um campo de papoulas-vermelhas cujas flores o cobriam como uma grande e macia almofada aquecida pela luz do sol. Suas inimigas — a *musca domestica communis*, meia centena delas — estavam imóveis acima de sua cabeça, na parede do aposento, domadas pela escuridão e reduzidas a um estado de torpor letárgico; apenas uma das moscas (impelida por sua sede de tortura até mesmo na embriaguez do sono) zumbia ainda em torno do nariz de Norbert. Mas ele não via nela o mal absoluto ou o algoz milenar da humanidade, pois através dos seus olhos fechados a mosca era, agora, uma cleópatra dourada e avermelhada a voejar ao seu redor.

Quando, na manhã seguinte, o sol o acordou (com intensa cooperação das moscas), ele não se lembrava mais das fabulosas metamorfoses ovidianas que ocorreram madrugada afora em torno de sua cama. Contudo não havia dúvida de que algum ser místico passara a noite sentado ao seu lado tecendo sem parar tramas de sonhos, pois Norbert sentia sua cabeça cheia, abarrotada deles, a tal ponto que toda a sua capacidade de pensar ainda estava presa em tais sonhos (e sem perspectiva nenhuma de saída); só uma coisa era clara agora em sua mente: que ele precisava estar de volta na Casa de Meleagro exatamente ao meio-dia. Nesse momento, no entanto, dominou-o um temor de que quando os vigias do portão do *ingresso* o vissem, eles não o deixariam entrar, por isso não era aconselhável que ele se aproximasse dali ou se expusesse a olhos humanos. Havia uma maneira de se esquivar disso (ao menos para aqueles que de fato conheciam Pompeia), uma maneira contra as regras, é claro, mas Norbert não estava em condições de deixar que regulamentações jurídicas guiassem suas ações; assim, escalou outra vez os muros antigos da cidade, como no anoitecer em que chegara, e, andando sobre esses muros, contornou todo aquele mundo de destroços ao percorrer um amplo semicírculo até chegar à *Porta di Nola*, que era bem afastada e não tinha vigias. Aqui não era nada difícil passar para o lado de dentro, então por fim começou a descer (mas sem que pesasse demais em sua consciência o fato de ele ter furtado da *amministrazione*, ao menos por ora, aquelas duas liras referentes ao bilhete de entrada que não comprou ao levar a cabo sua atitude autocrática, valor que ele com certeza ressarciria mais tarde de alguma maneira). Assim, chegou despercebido a um pedaço da cidade que não era visitado por mais ninguém, não despertava muito interesse e, em grande parte, ainda não fora escavado; sentou-se em um canto escondido, sob uma sombra, e esperou, consultando de vez em quando a marcha do tempo em seu relógio. Em dado momento, seu olhar pousou sobre alguma coisa que emitia um brilho branco e prateado e que se erguia dos escombros a certa distância, porém sua vista fraca não conseguia ainda reconhecê-la. Ainda assim, aquilo o atraiu e fez com que se aproximasse sem perceber; lá perto, via-se que se tratava de uma alta floração de asfódelos cheia de cálices brancos semelhantes a sinos e cujas sementes foram decerto trazidas de lá de fora pelo vento. Era a flor do mundo inferior — cheia de significância e (assim pareceu a Norbert) destinada a crescer aqui e a servir a seus propósitos; ele arrancou o fino caule e voltou com ele na mão ao lugar onde estivera sentado. O sol de maio ardia cada vez mais, tão tórrido quanto ontem, e, aproximando-se finalmente o ápice do meio-dia, Norbert se colocou a caminho da *Casa di Meleagro* pela longa *Strada di Nola*. Ela jazia abandonada ao silêncio completo, como quase todas as demais ruas; lá longe, a oeste, todos os visitantes matinais se aglomeravam de novo em direção à *Porta Marina* e aos pratos de sopa. Só o vento abrasado tremulava e, sob o brilho ofuscante do sol, a silhueta solitária de Norbert Hanold carregando o talo de asfódelo parecia aquela de um Hermes Psicopompo que andasse em roupas modernas e fosse representado acompanhando lá para baixo, ao Hades, uma alma que partiu.

Inconscientemente (mas seguindo certo impulso instintivo), ele conseguiu se orientar pela *Strada della Fortuna* e, virando à direita na rua de Mercúrio, chegou à *Casa di Meleagro*. O vestíbulo, o átrio e o peristilo o receberam tão sem vida quanto ontem, e entre as colunas do peristilo flamejavam, lá no *oecus*, as flores vermelhas de papoula. Aquele que adentrava a casa já não sabia com clareza se estivera aqui ontem ou, quem sabe, há dois mil anos, tentando arrancar do proprietário alguma informação que era decerto da maior importância para a área da Arqueologia (tampouco se lembrava mais de qual seria a tal da informação); além disso, toda a área de estudos de Antiguidade lhe parecia, agora, a coisa mais inútil e irrelevante da face da Terra, ainda que essa impressão fosse incoerente com sua busca. Ele não conseguia mais entender como uma pessoa poderia se dedicar a ela, pois sem dúvida só havia uma coisa na qual todo pensamento e toda investigação deveriam se concentrar: na reflexão sobre a manifestação física de um ser que era ao mesmo tempo morto e vivo (ainda que só fosse vivo àquela hora fantasmagórica do meio-dia). Ou talvez só no dia de ontem, quiçá somente uma vez a cada século ou milênio — de repente, Norbert foi tomado pela certeza de que sua visita hoje seria em vão. Ele não encontraria a mulher por que procurava, pois não fora permitido que ela retornasse; ela só poderia retornar muito tempo depois, quando ele também já não pertencesse ao mundo dos vivos: quando estivesse também morto, enterrado, esquecido. Contudo, ao caminhar ao longo da parede na qual Páris compartilhava sua maçã, eis que Norbert avistou Gradiva logo à sua frente, exatamente como ontem: com a mesma vestimenta, entre as duas mesmas colunas amarelas e sentada sobre o mesmo degrau. Ele, porém, não se deixaria enganar por uma reles miragem formulada por sua imaginação; sabia que sua fantasia só reconstruía diante de seus olhos uma farsa criada a partir daquilo que ele viu ontem de verdade. Ainda assim, não teve como não permanecer ali e não se render à contemplação daquela figura sem vida, criada por ele mesmo; sem que percebesse, saíram de sua própria boca as seguintes palavras, em tom de lamento:

— Ah, se ainda existisses, se ainda vivesses!

Sua voz ecoou por um tempo, depois voltou a reinar, entre os destroços do antigo salão solene, aquele silêncio no qual não se escuta um respiro sequer. Logo em seguida, porém, uma outra voz ressoou pelo oco silêncio:

— Não queres te sentar também? Pareces cansado.

O coração de Norbert Hanold parou por um instante. Tudo o que a sua mente conseguia articular era este pensamento: uma visão não é capaz de falar. Ou será que uma alucinação auditiva também poderia pregar peças nele? Com o olhar petrificado, Norbert precisou se apoiar em uma das colunas.

A voz fez, então, outra pergunta — e era aquela voz que ninguém além de Gradiva possuía:

— Trouxeste essa flor branca para mim?

Uma vertigem o dominou; ele sentia que não conseguiria mais ficar de pé, que o corpo exigia que se sentasse; assim, escorou-se em uma coluna de frente para Gradiva e se deixou deslizar até o degrau. Os seus olhos claros se fixavam no rosto de Norbert, porém aquele não era o tipo de olhar que ela lhe lançara ontem quando se levantou e foi embora de repente. No de ontem, notava-se um desagrado e uma rejeição, mas isso havia desaparecido, como se nesse meio-tempo ela tivesse chegado a uma opinião diferente acerca dele e, dessa maneira, uma expressão de curiosidade ou interesse perquiridor tivesse substituído a expressão de antes. Além disso, ela parecia ter se dado conta de que o uso moderno do pronome na terceira pessoa não era adequado nem à sua boca, nem às circunstâncias daquele local, visto que hoje ela também fazia uso do "tu" — que, aliás, soou em seus lábios como algo descomplicado, natural. No entanto, dado que ele ficara mudo frente a ambas as suas perguntas, ela tomou a palavra mais uma vez:

— Tu disseste ontem que me chamaste certa vez enquanto eu me deitava para dormir e que depois ficaste ao meu lado, disseste que nesse dia meu rosto estava branco como o mármore. Quando e onde foi isso? Eu não consigo me lembrar e gostaria que me contasses melhor.

Norbert havia recuperado, em parte, sua fala, ao menos o suficiente para responder:

— Foi de madrugada, quando tu te sentaste sobre os degraus do Templo de Apolo, lá no Fórum, quando a chuva de cinzas do Vesúvio te cobriu.

— Ah, sim, foi lá. Sim, é verdade, não estava me lembrando. Mas eu podia mesmo imaginar que fosse em uma circunstância como essa. É que ontem, quando me disseste aquilo, tudo me pareceu inesperado demais, eu não estava nem um pouco preparada. Mas isso aconteceu, se não me engano, há quase dois mil anos. Já eras vivo nessa época? Pensei que fosses mais jovem.

Falou de maneira bastante séria — só no final lhe brotou nos lábios um sorriso leve, bastante gracioso. Norbert hesitava, sem jeito, e respondeu gaguejando ainda um pouco:

— Não, é verdade, acho que eu ainda não era mesmo vivo no ano de 79... Era, talvez... Sim, foi, de fato, aquele estado de espírito a que chamamos de sonho o que me transportou de volta à época da destruição de Pompeia... Mas eu te reconheci logo à primeira vista...

Era claro que se desenhava algo como uma surpresa no rosto daquela mulher sentada a somente dois passos dele, do outro lado; ela logo repetiu, em tom de perplexidade:

— Tu me reconheceste? No sonho? Como?

— Imediatamente, pelo teu modo peculiar de andar.

— Tu te atentaste a isso? Quer dizer, então, que eu ando de um modo peculiar?

Seu espanto decerto aumentara e ele respondeu:

— Sim... Tu mesma não sabes?... Andas de modo mais gracioso do que qualquer outra mulher; pelo menos entre as vivas não há, hoje, nenhuma igual. Mas te reconheci também, logo de início, por todo o resto: figura, face, o modo como te portas, as vestimentas, porque tudo condizia, nos mínimos detalhes, com teu baixo-relevo em Roma.

— Ah, sim... — repetiu ela em um tom parecido com o de antes — ... com meu baixo-relevo em Roma. É, também não pensei nele e, na verdade, até acho, agora, que não sei exatamente... Como é que ele era mesmo?... Então quer dizer que tu o viste em Roma?

Agora ele relatava à Gradiva como vira o relevo e como ele o atraiu de tal maneira que, já de volta à Alemanha, alegrou-se muito ao conseguir uma cópia da obra em gesso — cópia que já estava há alguns anos pendurada em seu escritório. Contou que admirava o relevo todos os dias, e que assim surgiu em sua mente a hipótese de que a imagem devia decerto representar uma jovem pompeiana que andasse por um caminho de pedra que leva de uma calçada à outra em uma rua de sua cidade natal; contou, ainda, que aquele seu sonho lhe confirmou isso tudo. Contou também que ele sabia, agora, que isso o havia feito viajar de novo para cá, buscando saber se ele detectaria ali algum vestígio de seus passos. Contou, por fim, sobre como ontem, ao meio-dia, quando ele estava na esquina da rua de Mercúrio, ela mesma surgiu de repente diante dele, tal qual seu retrato de pedra, e atravessou de uma calçada à outra pelo caminho de pedestres como se quisesse se dirigir à Casa de Apolo. Depois disso ela atravessou a rua de volta e desapareceu em frente à Casa de Meleagro.

Ouvindo isso, ela acenou com a cabeça, dizendo:

— Sim, minha intenção era a de visitar a Casa de Apolo, mas então vim para cá.

Ele prosseguiu:

— Por isso me veio à mente o poeta grego Meleagro, e pensei que pudesses talvez ser uma descendente dele e tivesses voltado (à hora na qual te é permitido) à casa paterna. Mas tu não compreendeste quando falei em grego contigo.

— Era grego? Não, eu não compreendo... Ou me esqueci, não sei. Mas há pouco, quando voltaste, ouvi algo que consegui compreender. Tu expressaste o desejo de que alguém ainda existisse e vivesse. Só não entendi de quem tu falavas.

Isso lhe deu o ensejo de responder que, ao vê-la hoje, pensou que ela não fosse real, que sua fantasia apenas tivesse criado a simulação de uma imagem bem naquele local onde a encontrara ontem. Ouvindo isso, ela sorriu e concordou:

— Parece-me que tens bons motivos para te preocupares com um excesso de imaginação, apesar de minha convivência contigo fazer com que eu ache isso muito surpreendente. — E interrompeu o pensamento, acrescentando: — Mas o que é que tinha mesmo o meu modo de andar, que mencionaste há pouco?

Era curioso que uma espécie de interesse cada vez mais intenso a tivesse feito retomar esse assunto; brotou, então, da boca de Norbert:

— Será que eu poderia te pedir...

Estancou, porém, sua fala, porque lhe voltou à memória, assustador, o fato de que ontem ela se levantara de maneira abrupta e partira bem quando ele lhe pedira que se deitasse sobre o degrau tal qual se deitara para dormir sobre o degrau do Templo de Apolo; além disso, alguma coisa em sua mente associou de modo obscuro essa memória àquele olhar que ela lançara a ele quando foi embora. Neste momento, entretanto, conservava-se a expressão calma e amigável nos olhos de Gradiva, e, como ele não continuou, ela disse:

— Foi gentil de tua parte isso de te referires a mim em teu desejo de que uma certa pessoa ainda estivesse viva. Se, em troca, tu quiseres me pedir algo, realizarei teu pedido com todo o prazer.

Isso aplacou seu medo, e ele disse, por fim:

— Alegrar-me-ia muito se eu pudesse te ver bem de perto, andando da maneira como andas no baixo-relevo...

Prontamente, sem dizer uma palavra, ela se levantou e caminhou um pouco ao longo da colunata e da parede. Era com certeza aquele modo de andar apressado-calmo cravado tão fundo em sua memória, aquele com a sola do pé elevada de maneira quase vertical; contudo, ele notou pela primeira vez que sob a barra da túnica ela não calçava sandálias, e sim sapatos claros, cor de areia, feitos de couro fino. Assim que ela voltou e se sentou outra vez, em silêncio, Norbert mencionou sem querer essa diferença entre seu calçado e o do baixo-relevo. Ela respondeu:

— O tempo sempre transfigura mesmo tudo, e sandálias não combinam muito com o tempo presente, por isso uso sapatos hoje em dia, que acabam protegendo bem mais da poeira e da chuva. Mas por que me pediste que andasse diante de ti? O que é que meu modo de andar tem de especial?

Exposto mais uma vez, esse desejo de sabê-lo não era, decerto, totalmente livre de certa curiosidade feminina. Perguntado, Norbert esclareceu, então, que se tratava da elevação peculiar, vertical do pé que vinha atrás quando ela caminhava, e acrescentou que ele passara muitas semanas andando pelas ruas de seu país, tentando observar o modo de andar das mulheres atuais. Parecia, no entanto, que esse belo modo de se mover havia se perdido de todo entre elas — com exceção, talvez, de uma única mulher que certa vez lhe dera a impressão de andar daquela mesma maneira. Mas não se podia determinar com toda a certeza se se tratava do mesmo modo de andar, pois uma multidão de pessoas rodeava essa mulher; além disso, é bem possível que fosse uma reles ilusão de ótica, porque notou em seguida que até as feições da passante se assemelhavam àquelas de Gradiva.

— Que pena — respondeu ela —, porque uma descoberta dessas teria sido de grande importância acadêmica, e se tivesses conseguido realizá-la talvez não tivesses precisado fazer essa longa viagem até aqui. Mas de quem é que falaste agora? Quem é Gradiva?

— Eu dei esse nome ao teu baixo-relevo, já que não sabia o teu verdadeiro nome, e, mesmo agora, ainda não o sei.

Ele acrescentou a última frase de maneira um pouco hesitante, e se diria que até mesmo a boca de Gradiva titubeou de leve antes de responder àquela pergunta indireta, escondida na frase de Norbert:

— Eu me chamo Zoë.

Em um tom doloroso, escaparam de sua boca as palavras:

— O nome te cai maravilhosamente bem, mas ele me parece uma zombaria cruel, porque "Zoë" significa "vida".

— É preciso se habituar ao imutável — respondeu ela —, e há muito eu já me acostumei a estar morta. Mas agora o meu tempo por hoje acabou; tu trouxeste a flor fúnebre que deve me guiar em meu caminho de volta. Dá-me, então, a flor.

Levantando-se, ela esticou a minúscula mão e ele lhe entregou o ramo de asfódelos com cuidado, de modo a não tocar os dedos de Gradiva. Recebendo as flores, disse:

— Obrigada. Àquelas mais afortunadas se dão ramos de rosas durante a primavera, mas a flor mais adequada a mim é mesmo a flor do esquecimento, a que me deste. Amanhã me será concedido retornar aqui mais ou menos neste horário. Assim, caso o teu caminho te traga amanhã de novo à Casa de Meleagro, poderemos nos sentar junto às papoulas, como hoje. Na entrada desta casa há a inscrição *Ave*... Eis que agora eu também te digo: *Ave!*

Assim ela se foi e, tal qual ontem, desapareceu na virada do *porticus* como se tivesse sido tragada pelo chão. Ao redor, jazia tudo mudo e vazio, só mesmo uma vez soou, a certa distância, um som luminoso, breve, como o chilreio contente de um pássaro que atravessasse a cidade-escombro (e que, logo depois, também emudeceu). Tendo ficado para trás, Norbert encarava o degrau abandonado ali embaixo, onde ela estivera sentada: algo branco cintilava, parecia ser a folha de papiro que Gradiva tinha sobre o colo ontem e que, decerto, se esqueceu de levar consigo hoje. Contudo, ao esticar a mão e pegá-la, tímido, notou que se tratava, na verdade, de um pequeno caderno com desenhos a lápis representando diversos destroços de inúmeras casas de Pompeia. A penúltima página continha um desenho daquela mesa apoiada sobre grifos no átrio da *Casa di Meleagro*, e na última se via um rascunho das flores de papoula do *oecus* e, ao fundo, um panorama da fileira de colunas do peristilo. Pareceu-lhe igualmente surpreendente que aquela que se fora desenhasse em um caderno como os de hoje em dia e que exprimisse os seus pensamentos em língua alemã. Contudo eles não passavam de insignificantes prodígios frente ao prodígio maior que era a sua volta à vida, e parecia a Norbert que Gradiva utilizava o período livre do meio-dia para registrar para si mesma, com seu excepcional talento artístico, o aspecto atual da região que ela habitava antigamente. Esses desenhos davam testemunho de uma capacidade de percepção muito desenvolvida, assim como cada uma de suas palavras dava testemunho de uma arguta inteligência, e é de se imaginar que Gradiva talvez se sentasse outrora com certa frequência à antiga mesa de grifos para que hoje a mesa tivesse se tornado uma memória tão valiosa.

Mecanicamente, Norbert também seguiu ao longo do *porticus* com esse livrinho em mãos, e, bem naquele ponto no qual o *porticus* faz uma curva, ele notou no muro uma pequena fenda — pequena, mas larga o suficiente para que uma figura insolitamente delgada atravessasse ao edifício vizinho ou até mesmo ao *Vicolo del Fauno*, do outro lado da casa. Ao mesmo tempo passou por sua cabeça a consciência de que Zoë-Gradiva decerto não havia sido tragada pelo chão (o que era, em si, ilógico, e ele não conseguia mais entender como é que podia ter acreditado nisso), mas atravessara por esse caminho e voltara à sua tumba. Assim, ela devia estar agora na rua dos Sepulcros — pondo-se a correr, Norbert disparou pela rua de Mercúrio até chegar ao Portão de Hércules. Contudo era já tarde demais quando ele cruzou o portão, sem fôlego e ensopado de suor: branca, ofuscante, a larga *Strada dei Sepolcri* se estendia ao longe, vazia, e só lá na sua ponta, por trás da refulgente cortina de luminosidade, parecia dissolver-se indistintamente uma vaga sombra ante a *Villa di Diomede*.

☦

Norbert Hanold passou a segunda metade desse dia com o sentimento de que Pompeia inteira (ou ao menos as partes onde ele se encontrava) fora envolvida por uma espécie de névoa. A cidade não era, como de costume, cinzenta, sombria ou melancólica, e sim alegre e muito colorida (azul, vermelha e marrom, sobretudo de um branco um pouco amarelado e de um branco de alabastro); ademais, essa névoa era entretecida como que por fios dourados de luz solar. Ela tampouco interferia na capacidade dos olhos de ver, nem na capacidade dos ouvidos de ouvir, porém impedia que se *pensasse* em meio a ela, o que a transformava em um tipo de muralha cujos efeitos superavam em muito os da mais densa névoa comum. O jovem arqueólogo sentia quase como se a cada hora lhe trouxessem (sem que pudesse ver ou perceber) um *fiaschetto* de vinho do Vesúvio que fazia sua mente girar sem parar. De modo instintivo, ele tentava se livrar do atordoamento por meio de certos antídotos: por um lado, bebia água constantemente, e, por outro, tentava caminhar o máximo e o mais longe possível. Seus conhecimentos de Medicina não eram nada amplos, mas eles o ajudaram a chegar a um diagnóstico: esse estado desconhecido decerto nascia de uma congestão vascular cerebral, talvez associada ainda a uma aceleração da frequência cardíaca, porque Norbert vez ou outra sentia o coração bater forte contra sua caixa torácica (o que lhe parecia muito estranho). De resto, seus pensamentos eram incapazes de chegar ao mundo exterior, mas nem por isso permaneciam inativos dentro de sua mente — ou, para ser mais preciso, "pensamento", não "pensamentos": havia um único pensamento ali, um que tinha agora posse exclusiva de sua mente e que levava adiante uma busca incansável, mas em vão. Ele girava sem parar em torno da seguinte questão: qual era a composição física de Zoë-Gradiva? Perguntava-se se enquanto estava na Casa de Meleagro ela tinha corporeidade física ou se era apenas uma cópia ilusória daquele corpo que teve outrora. As questões físico-fisiológico-anatômicas (ou seja, o fato de ela possuir órgãos para articular a fala e dedos para segurar um lápis) pareciam corroborar a primeira hipótese. Todavia Norbert foi dominado pela impressão de que, se ele a tocasse (se, por exemplo, colocasse sua mão sobre a de Zoë-Gradiva), ele encontraria, na verdade, nada mais do que vento. Apossou-se de Norbert um peculiar impulso de averiguar se isso era verdade, porém uma timidez igualmente forte o impediu de sequer levar adiante o raciocínio. Ele sentia que a confirmação de qualquer uma das possibilidades lhe incutiria grande assombro. A corporeidade da mão lhe despertaria horror, e a não corporeidade lhe causaria uma dor enorme.

    Inutilmente debruçado sobre essa questão, que, em termos científicos, não poderia ser solucionada sem a realização de algum experimento, Norbert vagou por muito tempo, tarde afora, e acabou chegando ao sopé da grande cadeia montanhosa do monte Sant'Angelo, ao sul de Pompeia, onde, para sua surpresa, encontrou um senhor mais velho, de barba já um pouco branca e que, a julgar pela infinidade de utensílios com os quais se equipava, poderia ser um zoólogo ou um botânico e parecia esquadrinhar uma área de declive escaldante. Ele virou a cabeça, já que Norbert passou bastante perto, e, surpreso, encarou-o por um momento, dizendo, por fim:

— O senhor também se interessa pelos *faraglionensis*? Eu nunca teria imaginado, mas me parece bastante plausível que eles, na verdade, não permaneçam só nos *Faraglioni* de Capri... Eles devem se espalhar também pelo continente. O método proposto pelo colega Eimer é mesmo muito bom, já o utilizei diversas vezes com o melhor dos resultados. Senhor, por favor, peço que fique agora totalmente imóvel...

O homem interrompeu o que falava, deu alguns passos para a frente, cuidadoso, subindo um pouco pelo aclive, e, deitando-se sobre o solo sem fazer movimentos bruscos, levou até uma pequena fenda do rochedo uma espécie de laço feito de um comprido talo de relva; esticava-se para fora da fenda a cabecinha azulada e lustrosa de um lagarto. Assim permaneceu o senhor, deitado e imóvel — e, atrás dele, Norbert Hanold se virou sem o mínimo ruído e, enfim, foi retornando pelo mesmo caminho. Ele não tinha certeza, mas já vira alguma vez (ao menos de relance) o rosto do caçador de lagartos, provavelmente em uma das duas hospedarias; o cumprimento do caçador corroborava essa hipótese. Havia mesmo algo de inacreditável em como certas pessoas se sentiam impelidas a fazer a longa viagem a Pompeia guiadas por propósitos tão estapafúrdios e bizarros; feliz, então, por ter conseguido se livrar bem rápido do homem das armadilhas e por poder direcionar de novo seu pensamento à questão da corporeidade ou não corporeidade de Gradiva, Norbert iniciou o caminho de volta. Contudo uma trilha paralela acabou fazendo com que virasse na rua errada e chegasse à ponta leste do longo e derruído muro da cidade, não à lateral oeste; mergulhado em seus pensamentos, ele só notou o erro quando passou perto de uma construção que não era nem o Diomedes, nem o *Hôtel Suisse*. Apesar disso, sinalizava-se que aquele era, sim, um estabelecimento comercial; Norbert reconheceu perto dali os escombros do grande anfiteatro pompeiano, e assim ressurgiu em sua mente a lembrança antiga de que perto do anfiteatro existia mais uma hospedaria, o *Albergo del Sole*, que pela sua distância maior da estação de trem só era visado por um número muito pequeno de hóspedes e que, ademais, Norbert ainda não visitara. A caminhada o deixou com muito calor e, além disso, não aliviou o modo nebuloso como sua cabeça girava; Norbert entrou, então, pela porta escancarada e pediu que lhe dessem aquilo que ele considerava o antídoto adequado à congestão vascular: uma garrafa de água gaseificada. O lugar estava vazio (excetuando-se, é claro, todas as moscas), e o estalajadeiro ocioso aproveitou a situação para iniciar uma conversa com aquele que acabara de chegar e, assim, louvar o próprio estabelecimento e os tesouros desenterrados que ele agora guardava. Afirmava de modo nada velado que havia pessoas nos arredores de Pompeia em cujos estabelecimentos não havia um único artigo verdadeiro exposto para venda, que eram todos falsificações, enquanto ele, contentando-se com um número muito menor de artigos, oferecia à sua clientela somente aqueles que, sem sombra de dúvida, eram verdadeiros. Isso porque só adquiria peças cuja escavação ele próprio havia presenciado, e no decorrer de seu falatório veio à tona que uma das escavações que ele acompanhou foi aquela ali perto do Fórum na qual se encontrou um jovem casal que, reconhecendo a catástrofe inevitável, abraçou-se com força e, dessa maneira, aguardou a morte. Norbert já ouvira falar nisso, mas deu de ombros, considerando o relato pura invenção de um contador de histórias bastante imaginativo; e ainda deu de ombros outra vez quando o estalajadeiro lhe trouxe, como suposta prova irrefutável, um broche metálico em formato de fíbula, coberto de pátina esverdeada, que fora recolhido das cinzas perto dos restos mortais da moça (bem diante dos seus olhos). Mas quando esse Norbert que adentrara o Albergue do Sol por fim tomou o broche em suas próprias mãos, sua imaginação o dominou de tal maneira que, abandonando qualquer pensamento crítico, inesperadamente pagou o "preço de turista" exigido, guardou sua aquisição e, apressado, deixou o albergue. Virando-se uma última vez para olhar para o estabelecimento, Norbert avistou no andar de cima, em uma janela aberta, um ramalhete de asfódelos posto em um vaso com água e bastante carregado de floração branca (suas flores todas voltadas aqui para baixo); vendo aquelas flores fúnebres e abrindo mão de imediato de qualquer relação lógica entre uma coisa e outra, Norbert foi atravessado pela convicção de que aqueles asfódelos atestavam a autenticidade de sua nova aquisição.

Mantendo-se dessa vez no caminho correto, que se estendia ao longo do muro da cidade e levava à *Porta Marina,* Norbert admirava sua aquisição com um sentimento que era, acima de tudo, ambíguo: mistura de entusiasmo e de embaraço. Quer dizer, então, que não era apenas fábula a história que ouviu sobre um jovem casal que fora escavado perto do Fórum, ambos petrificados em um abraço (e justo perto do Templo de Apolo, onde Norbert havia visto Gradiva se deitar para seu sono de morte). Sabia agora que só presenciou essa cena em sonho, e, portanto, Gradiva podia muito bem ter caminhado, na realidade, até os arredores do Fórum, ter se encontrado lá com alguém e ter morrido junto desse alguém.

Emanava algo daquele broche esverdeado em suas mãos, algo que fazia Norbert crer que o objeto pertencera a Zoë-Gradiva, que mantivera sua túnica presa em torno do pescoço. Nesse caso, porém, seria ela a amada, a prometida, talvez a jovem esposa daquele rapaz junto ao qual havia escolhido morrer.

Passou pela mente de Norbert Hanold só arremessar o broche para longe. Ele ardia entre seus dedos como se estivesse em combustão. Ou, melhor dizendo, causava a Norbert aquela mesma dor que ele sentia quando se imaginava pousando a mão sobre a de Gradiva e só encontrando vento.

Mas eis que a razão tomou a dianteira em sua mente — Norbert não se deixaria dominar pela fantasia contra sua vontade. Por mais provável que fosse a ideia, faltava ainda alguma prova irrefutável de que o broche pertencera de fato a ela e de que ela era a moça encontrada nos braços do jovem rapaz. Essa percepção contribuiu, então, para que ele conseguisse respirar mais livremente, e, alcançando o Diomedes ao anoitecer, suas andanças de tantas horas por fim trouxeram ao seu saudável corpo uma fome inaudita. Não sem apetite, ele devorou o jantar bastante espartano que o Diomedes havia adotado à mesa (apesar de o herói homenageado em seu nome ter nascido em Argos, não em Esparta); nesse momento, Norbert notou dois novos hóspedes que chegaram decerto durante aquela tarde. Pela aparência e pela língua se percebia que eram alemães, um "ele" e uma "ela"; ambos tinham rostos jovens, atraentes e dotados de uma expressão que parecia indicar grande inteligência; não era possível determinar que tipo de relação existia entre eles, mas devido a uma certa semelhança física, Norbert acreditava que fossem irmãos. O cabelo louro do jovem rapaz se distinguia, no entanto, do castanho-claro da moça; ela trazia uma rosa-vermelha de Sorrento no vestido, e ver essa rosa mobilizou algo na memória de Norbert (que os observava de um canto da sala), mas ele não conseguia saber o quê. Os dois eram as primeiras pessoas em toda a sua viagem pelas quais ele sentia simpatia. Conversavam entre si com um *fiaschetto* à mesa — eles não falavam alto demais, mas também não cochichavam desconfiadamente; pareciam falar, às vezes, de coisas sérias, às vezes, de coisas alegres, porque de quando em quando surgia nos lábios dos dois (e ao mesmo tempo) um meio-sorriso que lhes caía maravilhosamente bem e que despertava em quem os visse um desejo de participar daquela conversa. Ou, melhor dizendo, que poderia ter despertado semelhante desejo em Norbert caso os tivesse visto dois dias atrás naquele local (que, excetuando os três, era habitado só por anglo-americanos). Ele sentia que aquilo que passava hoje por sua cabeça contrastava demais com a alegre naturalidade dos dois, em torno dos quais decerto não havia névoa nenhuma, e tinha certeza também de que eles não estavam mergulhados em nenhuma reflexão profunda sobre a essência ou a natureza de uma moça morta há dois mil anos; estavam, isso sim, falando alegre e tranquilamente de alguma enigmática questão da vida no aqui e agora. Seu estado de espírito não coincidia com o dos dois: por um lado, Norbert parecia irrelevante demais para eles; por outro, relutava em tentar travar amizade com os dois por ter a vaga impressão de que aqueles olhos alegres e claros seriam capazes de atravessá-lo e ler seus pensamentos, o que transmutaria essa alegria e essa claridade naquela expressão de quem desconfia que ele não bate muito bem da cabeça. Por isso, só subiu para o seu quarto, ficou ainda um pouco junto à janela (como ontem), contemplando o manto púrpura noturno do Vesúvio, e, por fim, deitou-se para descansar. Exausto, adormeceu logo e bem rápido começou a sonhar, mas de maneira bizarra, sem nexo. Em algum lugar, sentada sob o sol, estava Gradiva; ela fazia uma espécie de laço com um comprido talo de relva para apanhar um lagarto, dizendo, então:

— Por favor, peço que fiques agora totalmente imóvel... A colega tinha razão, o método é mesmo muito bom, e ela já o utilizou com o melhor dos resultados...

Ainda durante o sonho, Norbert Hanold tomou consciência de que aquilo era uma loucura completa, e começou a se debater de um lado para o outro para se livrar dela. Ele conseguiu, por fim, com a ajuda de um pássaro invisível que, ao que parece, apanhou o lagarto no bico com um chilreio contente e voou para longe — logo depois, tudo desapareceu.

☦

Quando acordou, lembrava-se ainda de que, durante a noite, uma voz lhe dissera que é costume dar rosas na primavera — ou essa lembrança foi evocada, na verdade, por seus olhos, já que, parando junto à janela, o seu olhar recaiu sobre um arbusto lá embaixo que resplandecia justamente de rosas-vermelhas. Eram daquela mesma espécie que a jovem dama trazia ontem no peito; quando desceu de seu quarto, Norbert colheu um par de rosas e inspirou seu aroma. As rosas de Sorrento deviam ter mesmo algo de muito peculiar, porque o aroma não apenas lhe parecia maravilhoso, mas também novo, exótico; além disso, era como se elas tivessem algum tipo de efeito desinibidor em sua mente. Ao menos o livraram do embaraço de ontem em relação aos vigias do portão: ele se dirigiu a Pompeia pelo *ingresso*, como manda a lei, pagou o valor correspondente aos dois bilhetes de entrada devidos e se enveredou rapidamente pelos caminhos que o levariam para longe dos demais visitantes. Trazia consigo o pequeno caderno de desenho da *Casa di Meleagro*, além do broche verde e das rosas-vermelhas, porém se esquecera de tomar café da manhã, enlevado que estava pelo aroma das rosas; seus pensamentos não se encontravam no presente, e sim voltados por completo para o meio-dia. Até lá, no entanto, faltava ainda muito tempo; ele precisaria fazer algo enquanto esperava, por isso começou a entrar ora nesta, ora naquela casa (eram as casas nas quais lhe parecia mais provável que Gradiva também entrasse com frequência antigamente, aquelas que talvez mesmo hoje ela ainda visitasse de vez em quando) — logo, porém, sua hipótese de que ela só era capaz de visitá-las ao meio-dia começou a vacilar. Talvez Gradiva também tivesse a liberdade de fazê-lo em outros momentos do dia (e à noite, quem sabe, sob o luar); era espantoso como as rosas fortaleciam dentro dele essa hipótese sempre que ele as trazia para perto do nariz e inspirava seu perfume, de modo que suas reflexões (complacentes, pedindo que fossem persuadidas) começaram a concordar aos poucos com a nova tese. Afinal, ele podia asseverar sobre si mesmo que não era uma pessoa de se prender a opiniões preconcebidas, e sim alguém que está sempre aberto a qualquer objeção sensata (e essa de fato podia ser considerada uma objeção sensata — não apenas por ser lógica, mas também por ser desejável). Surgiu, então, a questão de se os olhos das outras pessoas também eram capazes de concretamente ver Zoë-Gradiva quando ele se encontrava com ela ou se a capacidade de enxergá-la era uma exclusividade dos olhos de Norbert. A primeira opção não era de se descartar — ela inclusive parecia reclamar para si o *status* de "muito provável", o que acabou fazendo com que seu caráter desejável se invertesse e colocasse Norbert em um estado de ressentimento e inquietação. Indignava-o agora o pensamento de que outras pessoas também pudessem falar com ela ou sentar-se junto a ela para conversar; afinal, ele era o único que possuía o direito ou ao menos a prerrogativa de fazê-lo, levando em conta que foi ele quem descobriu Gradiva (da qual ninguém mais sabia coisa alguma), foi ele quem a admirou todos os dias, foi ele quem a acolheu dentro de si, foi ele quem, de certa maneira, a havia imbuído de sua própria força vital, e por isso sentia que tinha dado a Gradiva uma nova vida que, não fosse por Norbert, ela simplesmente não possuiria. Disso tudo lhe vinha o sentimento de que cabia a ele esse direito — que só ele podia reivindicar e que, se quisesse, poderia muito bem se recusar a dividir com qualquer outra pessoa.

O dia avançava e estava ainda mais quente do que os dois anteriores, o sol parecia ter decidido exibir hoje uma espécie de desempenho fora do comum, tornando lastimável (e não apenas no sentido arqueológico, mas no prático também) que o sistema de água de Pompeia estivesse destruído e seco há dois mil anos. Chafarizes espalhados pelas ruas aqui e acolá levavam adiante sua memória e davam ainda testemunho de sua utilização corriqueira pelas pessoas sedentas que passaram outrora por ali. Quando se curvavam para levar a boca à bica de água (hoje desaparecida), elas apoiavam uma das mãos sobre a borda de mármore do chafariz, criando, aos poucos, naquele lugar, uma espécie de cavidade em formato de mão, à maneira daquelas que faz a água mole na pedra dura; Norbert notou isso tudo em uma esquina da *Strada della Fortuna*, nascendo nele, então, a ideia de que talvez a mão de Zoë-Gradiva também tivesse se apoiado aqui antigamente; antes que se desse conta, a mão do próprio Norbert estava pousada dentro da cavidade. Logo, porém, descartou a hipótese e se viu irritado consigo mesmo pelo fato de não ter sequer pensado naquela possibilidade. Ela não combinava nada com a essência nem com o porte da jovem pompeiana de boa família; havia algo de degradante em ela se curvar tão profundamente e levar seus lábios à tal da bica da qual os plebeus bebiam com suas bocas grosseiras. Ele nunca vira algo mais digno (no sentido nobre da palavra) do que o porte e o modo de se mover de Gradiva; de repente o dominou um certo pavor de que ela pudesse ler em seus olhos que uma ideia tão inacreditavelmente insana passou por sua cabeça. Isso porque o olhar de Gradiva tinha algo de penetrante; em sua companhia, teve já algumas vezes a impressão de que seu olhar tentava encontrar um modo de invadir sua mente e vasculhar todo o seu interior como uma reluzente sonda de aço. Por esse motivo era muito importante tomar cuidado para que Gradiva não encontrasse estupidez nenhuma em meio aos seus pensamentos.

Faltava ainda uma hora até o meio-dia, e, para gastar essa hora, ele atravessou a rua pela diagonal e adentrou a *Casa del Fauno*, a mais extensa e mais imponente das casas escavadas em Pompeia. Ela possuía, como nenhuma outra, um átrio duplo, e exibia na parte mais destacada do átrio, bem no centro do *impluvium*, o pedestal vazio sobre o qual já estivera a famosa estátua do fauno a dançar, em homenagem ao qual a casa foi nomeada. Norbert não lamentava nem um pouco o fato de essa obra de arte tão valorizada pela Arqueologia não se encontrar mais aqui, tendo sido transferida junto do mosaico da Batalha de Alexandre ao *Museo Nazionale*, em Nápoles; seu único propósito ou desejo era deixar o tempo correr, e com isso em mente ele se pôs a vagar sem direção pelos cômodos da grande construção. Atrás do peristilo se abria um cômodo amplo, rodeado de inúmeras colunas e projetado para ser ou um segundo peristilo ou um *xystos*, um jardim ornamental; ao menos parecia sê-lo hoje em dia, porque, assim como o *oecus* da *Casa di Meleagro*, ele estava todo coberto de papoulas em flor. Perdido em pensamentos, o visitante perambulou pelo silencioso edifício abandonado.

Estacou, de repente, com o pé ainda erguido — percebeu que, na verdade, ele não estava sozinho: seu olhar pousou sobre duas figuras a uma certa distância, figuras que, em um primeiro momento, pareciam ser uma só, pois estavam tão coladas uma à outra quanto humanamente possível. Elas não o notaram, estavam envolvidas demais uma com a outra e pareciam se crer invisíveis aos olhos alheios por estarem escondidas em um canto, entre as colunas. Abraçando-se, tinham também os lábios colados; Norbert, esse inesperado observador, reconheceu nas duas figuras, para sua surpresa, o jovem senhor e a jovem dama pelos quais sentira ontem à noite tanta simpatia — fato inédito em sua viagem. Sendo eles irmãos, porém, parecia a Norbert que o que faziam agora (esse abraço, esse beijo) durava tempo demais; isso quer dizer que eles eram um casal, e decerto recém-casados, além de tudo — ou seja, outro August e outra Grete.

Por mais incrível que pareça, contudo, August e Grete não passaram por sua cabeça nesse momento, e o acontecido não lhe pareceu nem patético, nem repulsivo, muito pelo contrário: aumentou a afeição de Norbert por eles. Aquilo que o casal fazia lhe parecia tão natural quanto compreensível, e os seus olhos se grudaram àquele quadro vivo, mais arregalados do que jamais ficaram ao admirar as mais célebres obras de arte antiga do planeta; a verdade, enfim, é que Norbert queria ter permitido a si mesmo contemplar o casal por mais tempo. No entanto, sentia como se tivesse invadido um local sagrado de maneira indevida e estivesse prestes a perturbar uma cerimônia religiosa; a possibilidade de ser visto enquanto os admirava o encheu de terror, então se virou com pressa, recuou um pouco sem fazer o menor ruído e, quando já não podia mais ser escutado, correu para a rua, alcançando o *Vicolo del Fauno* com a respiração ofegante e o coração acelerado.

☦

Parando em frente à Casa de Meleagro, Norbert não sabia se já era meio-dia e acabou não consultando seu relógio; permaneceu por algum tempo diante da entrada, onde olhava, hesitante, o *Ave* gravado ali na parte inferior. Um temor o impedia de entrar — estranhamente, temia com igual força tanto a possibilidade de não encontrar Gradiva lá dentro quanto a possibilidade de encontrá-la, porque durante os últimos minutos foi se estabelecendo como certeza, em sua cabeça, que, no primeiro caso, ela estaria em algum outro lugar com algum outro jovem senhor, e que, no segundo caso, esse jovem senhor estaria ali dentro mesmo, fazendo companhia a ela nos degraus entre as colunas. Norbert já sentia contra esse senhor um ódio muito mais forte do que aquele que sentia por todas as moscas da Terra; aliás, não se imaginava capaz, até esse dia, de sentir uma emoção tão violenta. Duelos, que ele sempre considerara uma tolice sem tamanho, de repente passaram a ser vistos sob uma nova ótica; eles se transformaram, agora, em um tipo de direito natural que aquele que tivesse sido ofendido em seu direito inalienável ou, então, mortalmente insultado, poderia, sim, acionar como último recurso à sua disposição, alcançando dessa maneira uma gratificante vingança ou, quem sabe, livrando-se da própria existência, que, de qualquer modo, teria perdido todo o sentido. Assim, seus pés por fim se puseram em direção à entrada com um movimento bastante abrupto — agora ele queria confrontar aquele insolente e queria também (isso se impôs em seu ser de maneira quase mais forte do que o desejo de vingança) dizer com todas as palavras a Gradiva que ele pensou que ela fosse melhor do que isso, mais nobre, incapaz desse tipo de baixeza...

A indignação tomava conta do corpo de Norbert e perigava transbordar por sua boca — o que de fato ocorreu, apesar de hoje, ao que parece, não haver nenhum motivo. Isso porque, atravessando com uma tempestuosa urgência a distância que o separava do *oecus*, ele chegou urrando, cheio de ímpeto:

— Estás sozinha?!

Isso tudo apesar de seus próprios olhos já não deixarem margem para dúvida: Gradiva de fato estava sentada ali, sobre o degrau, tão solitária quanto nos dois dias anteriores. Ela o olhou, surpresa, e respondeu:

— E quem é que também estaria aqui logo depois do meio-dia? A essa hora todas as pessoas estão famintas e sentadas à mesa, almoçando. A natureza me presenteou com esse arranjo muito cômodo de horários.

O transbordante alvoroço de Norbert não podia se apaziguar assim tão rápido, por isso, ele deixou escapar sem querer todo o relato da desconfiança que havia se abatido sobre ele e que lá fora, na rua, ganhou a força das certezas; afinal (acrescentou ainda, apesar de não fazer muito sentido), com certeza não havia como não desconfiar. Os olhos claros de Gradiva o encararam fixamente até que ele terminasse de falar, depois ela levou o dedo à própria cabeça, murmurando:

— Tu... — Em seguida, porém, prosseguiu: — Por ora, parece-me suficiente permanecer por aqui, apesar de ser obrigada a ficar esperando até este horário, que é quando voltas. De qualquer forma, eu gosto daqui e acabo de notar que me trouxeste meu caderno de desenho, aquele que esqueci ontem. Agradeço muito toda essa prestatividade. Não queres entregá-lo a mim?

A pergunta feita ao final tinha razão de ser, porque ele não fazia movimento nenhum para entregá-lo: permanecia plantado, imóvel. Em sua mente, foi se tornando cada vez mais claro que tinha inventado e aventado uma estupidez terrível (que ele, aliás, teve coragem de exprimir em voz alta); buscando consertá-la, na medida do possível, avançou apressadamente, estendeu o caderno a Gradiva e, ao mesmo tempo, sentou-se de modo mecânico ao seu lado no degrau. Lançando um olhar à mão de Norbert, ela disse:

— Deves ser mesmo um grande admirador de rosas.

Ouvindo essas palavras, compreendeu de repente o motivo pelo qual ele próprio colheu e trouxe as flores, respondendo, então:

— Sim... Mas não são para mim, claro... Tu me disseste ontem... E hoje à noite alguém também me falou... que é costume dar rosas na primavera...

Ela precisou refletir por alguns instantes, e só então respondeu:

— Ah, sim... Sim, eu me lembro... Eu disse que às outras pessoas não se dão asfódelos, e sim rosas. Isso é gentil da tua parte; parece que a tua opinião sobre mim melhorou um pouquinho.

Sua mão se esticou para pegar as rosas-vermelhas, e, ao entregá-las, Norbert acrescentou:

— No início, pensei que só pudesses vir para cá ao meio-dia, mas agora me parece mais plausível que possas vir também em outros momentos... Isso me alegra muito...

— Por que isso te alegra?

O rosto de Gradiva denotava incompreensão — somente um leve tremor, quase imperceptível, passou por seus lábios. Confuso, Norbert articulou uma resposta:

— É tão bom estar vivo... Nunca havia sentido... Eu queria te perguntar...

Ele procurou algo no bolso de sua camisa e, tirando o que buscava, acrescentou:

— Este broche já pertenceu a ti?

O rosto de Gradiva se curvou um pouco em direção ao broche, mas logo ela meneou a cabeça.

— Não, eu não me lembro. É claro que pela cronologia não seria impossível, já que ele deve ter sido feito naquela época. Tu o achaste, talvez, no Sol? A bela pátina verde me parece familiar, sinto como se eu já a tivesse visto.

Involuntariamente, ele repetiu:

— No Sol... Como assim no Sol?

— Aqui não se diz Sol, e sim *Sole*; todo tipo de coisa vem à luz lá na hospedaria. Este broche não é aquele que pertenceu a uma jovem moça que, dizem, faleceu com seu companheiro, creio eu que ali perto do Fórum?

— Sim, com o companheiro que a abraçou bem forte...

— Ah, sim...

As duas palavrinhas eram decerto duas das interjeições favoritas de Gradiva, duas que ela tinha sempre na ponta da língua; ela se deteve por um momento, acrescentando, então:

— Por isso pensaste que eu usava o broche. E, fosse esse o caso, será que isso teria... Como é que disseste mesmo?... Teria te entristecido?

Era visível que ele se sentia muito aliviado, o que, em seguida, tornou-se também audível por sua resposta:

— Eu fico muito contente... porque a ideia de que o broche pudesse ter te pertencido me deixou... realmente atordoado...

— Pareces mesmo um pouco inclinado aos atordoamentos. Esqueceste por acaso de tomar o café da manhã hoje? Isso piora um pouco essas crises; já eu não tenho esse tipo de problema, em parte porque, sabendo que prefiro passar o meio-dia por aqui, tomo sempre minhas precauções. Se eu puder, talvez, ajudar-te um pouco a te livrares desse estado lastimável dividindo contigo a comida que guardei...

Ela tirou do bolso das vestes um pão branco enrolado em papel de seda, partiu o pão, colocou uma metade na mão de Norbert e começou a devorar a outra metade com visível apetite. Comendo, seus dentes excepcionalmente delicados e brancos não apenas brilhavam entre os lábios como pérolas, mas também faziam um som meio crocante quando mordiam a casca do pão: nesse momento, com certeza não pareciam ser dentes espectrais, sem vida, e sim dentes reais, corpóreos. De resto, ela de fato acertou em cheio a suposição sobre o café da manhã que Norbert se esquecera de tomar; mecanicamente, começou a comer também, sentindo que isso de fato surtia um efeito muito positivo e o ajudava a clarear as ideias. Por algum tempinho não falaram nada, dedicando-se ambos em silêncio àquela mesma atividade bastante prática — o ato de se alimentarem —, até que Gradiva disse, finalmente:

— Sinto como se já tivéssemos comido nosso pão assim, juntos, dois mil anos atrás. Não consegues te lembrar de algo do tipo?

Não, ele não conseguia se lembrar, mas agora que se alimentou e que sua mente se recuperou, trazendo consigo uma renovação de raciocínio, Norbert se via bastante surpreso com o fato de ela falar de um passado tão distante. A ideia de que ela já vagava por Pompeia há tanto tempo contrariava toda noção de bom senso; tudo nela parecia a Norbert ter, hoje, não mais do que vinte anos. O formato e a cor do rosto, o cabelo encantador, castanho e ondulado, os dentes imaculadamente brancos; além disso, parecia muito contraditória a noção de que sua túnica (clara, sem sequer sombra de mancha) pudesse ter passado incontáveis anos sob as cinzas de púmice. Norbert foi tomado por um sentimento de dúvida: não sabia mais se estava de fato acordado, aqui, ou se era talvez mais provável que ele estivesse em seu escritório, tivesse caído no sono contemplando o baixo-relevo de Gradiva, tivesse sonhado que viajava a Pompeia e se encontrava com ela ainda viva, e que continuasse sonhando, agora, que estava sentado ao seu lado na *Casa di Meleagro*. Tanto ela ainda estar viva quanto ela ter retornado à vida eram coisas que só poderiam ter acontecido em sonho — as leis da natureza simplesmente se opunham a isso...

Era, de fato, estranho que ela tivesse dito que já dividiu seu pão com Norbert dois mil anos atrás. Ele não fazia a mínima ideia, não se lembrava nem mesmo de já ter visto coisa parecida em algum de seus sonhos...

Com os dedos pequeninos, a mão esquerda de Gradiva jazia tranquila, pousada sobre os próprios joelhos — e essa mão trazia em si a chave para solucionar um inextricável enigma...

Nem mesmo diante do *oecus* da *Casa di Meleagro* tinha fim a insolência das moscas: Norbert via na coluna amarela à sua frente um desses insetos que corria para cima e para baixo em avidez insaciável, segundo seu desprezível costume; passava zunindo, agora, bem perto do seu nariz.

Ele ainda precisava responder alguma coisa à pergunta de Gradiva (se ele não se lembrava mesmo do pão que já havia compartilhado com ela), mas deixou escapar abruptamente:

— Naquela época as moscas já eram tão diabólicas quanto hoje, já te torturavam até o esgotamento total?

Ela o encarou, em espanto absoluto, repetindo:

— As moscas? Estás pensando em moscas agora?

Nesse momento o monstro preto pousou sobre a mão de Gradiva, que não se moveu nem deu o mínimo sinal de tê-lo notado. Vendo isso, contudo, amalgamaram-se dentro do jovem arqueólogo dois vigorosos impulsos que resultariam em uma única ação. Sua mão se ergueu de repente e, em poucos instantes, estalou com uma batida nada suave sobre a mosca e sobre a mão de Gradiva.

Com esse golpe lhe vieram primeiro pensamentos, então perplexidade, mas logo depois um alegre temor. Ele não movera a mão em falso, encontrando só vento, tampouco topara com algo gelado ou duro, e sim com uma mão humana inegavelmente real, viva, quente, e que por alguns instantes (estupefata, ao que parece) permaneceu imóvel debaixo da sua. Em seguida, porém, a mão recuou de chofre, e da boca de Gradiva, acima, ouviu-se:

— Mas deves estar mesmo maluco, Norbert Hanold.

Esse nome (que Norbert não contara a ninguém em Pompeia) vinha tão claramente, tão seguro e suave dos lábios de Gradiva que o dono do nome se apavorou de modo ainda mais violento do que ela e, por fim, pôs-se a correr para longe daquele degrau. Nesse momento soaram também, entre as colunas, passos que ele não ouvira se aproximarem, e bem diante de seu rosto confuso surgiu, então, o simpático casal da *Casa del Fauno*; com uma voz que denotava absoluta surpresa, a jovem dama exclamava:

— Zoë! Tu também por aqui?! Também estás em lua de mel? E não me escreveste nada sobre isso, não é?!

☦

Norbert já estava de novo do lado de fora da Casa de Meleagro, na *Strada di Mercurio*. Ele não sabia muito bem como chegara ali, deve ter andado instintivamente, isto é, por algum tipo de inspiração vinda sobre ele em um piscar de olhos, porque fugir era, de fato, o único modo de evitar que fizesse papel de idiota lá dentro. Temia o ridículo frente ao jovem casal, porém mais ainda frente àquela que eles cumprimentaram de modo tão amigável e que acabava de chamá-lo pelo nome e pelo sobrenome — e, acima de tudo, frente a si mesmo. Fosse como fosse, uma coisa ao menos lhe parecia agora indiscutível. Gradiva (aliás, com sua mão humana, fisicamente real, quente, e não uma mão sem vida) dissera uma verdade inquestionável: nos últimos dois dias sua mente se encontrava mesmo em um estado de completa loucura. E não se tratava, de modo nenhum, de um sonho insensato, e sim de um estado mental que o acometia de olhos e ouvidos bem despertos, tal qual concedidos pela natureza ao ser humano para prudente utilização. Ultrapassava sua compreensão o motivo pelo qual isso e todo o resto ocorrera; apenas sentia de modo não muito claro que uma espécie de sexto sentido desempenhara algum papel nisso tudo — e que, tomando a dianteira, esse sexto sentido estragara uma coisa que poderia ter sido positiva. Um local isolado, silencioso e vazio era absolutamente necessário para tentar refletir agora e, quem sabe, obter uma clareza ao menos um pouco maior acerca de tudo o que ocorrera; antes, porém, Norbert se sentia impelido a se afastar o mais rápido possível dos domínios do olhar, da escuta e dos outros sentidos, que, ultimamente, controlavam os dotes naturais a seu bel-prazer.

Quanto à dona daquela mão quente, ela decerto também fora surpreendida na *Casa di Meleagro* pela visita inesperada ao meio-dia — e, a julgar pela expressão facial mais imediata, não foi uma surpresa de todo agradável. No instante seguinte, porém, todo traço de desagrado desapareceu por completo de seu ágil rosto, ela se levantou depressa, dirigiu-se à jovem dama e, estendendo-lhe a mão, retorquiu:

— Mas isso é mesmo maravilhoso, Gisa, o acaso nos prepara às vezes belas surpresas. Então este aqui é o teu marido há catorze dias? Alegra-me muito conhecê-lo pessoalmente, e, vendo a expressão no rosto de ambos, penso que pelo jeito não precisarei trocar no futuro os meus parabéns por condolências. Os casais em Pompeia que causariam uma troca desse tipo são aqueles que costumam estar à mesa a essa hora; aliás, vós estais provavelmente hospedados perto do *ingresso*, imagino eu... Eu vos visitarei lá hoje à tarde. E não, não te escrevi, mas não fiques magoada: como podes ver, minha mão não foi agraciada com a distinção de um anel de casamento, como o foi a tua. Os ares por aqui parecem ter um efeito fortíssimo em nossa imaginação, noto isso em ti; mas antes isso do que os ares nos tornarem práticos demais, não é? Aquele jovem senhor que acaba de sair também sofre de curiosas alucinações, parece-me que ele acredita que uma mosca está zunindo em sua cabeça; bem, é certo que todo mundo traz algum insetinho dentro de si, não é? É claro que entendo um pouco de entomologia e por isso posso ser de alguma ajuda em casos como esse. Meu pai e eu estamos hospedados no *Sole*... Ele também teve uma crise repentina e, em seguida, a ótima ideia de me trazer junto consigo para Pompeia, com a condição de que eu me virasse por aqui com minhas próprias pernas e não exigisse sua atenção. Disse a mim mesma que eu com certeza desenterraria alguma coisa interessante por aqui, ainda que sozinha. Só não contava com essa descoberta... Digo, com essa alegria de te encontrar, Gisa. Estou aqui tagarelando sem parar... o que, aliás, acontece mesmo quando velhas amigas se encontram, como agora, apesar de ainda não sermos assim tão velhas, não é? Às duas horas o meu pai sai do sol e vai almoçar no restaurante do Sol, então acho que já preciso ir agora, preciso fazer-lhe companhia... E, por isso, infelizmente perder por ora a tua companhia, Gisa. Mas vós também podeis explorar a *Casa di Meleagro* sem a minha ajuda, é claro. Não sei muito bem, mas imagino que se fale assim: *"Favorisca signor! A rivederci, Gisetta!"* Esse é todo italiano que aprendi por enquanto, e na verdade não se precisa de muito mais do que isso. Se algo mais for necessário, basta inventar... Não, por favor, *senza complimenti*!

Esse último rogo de Gradiva se referia a um movimento cortês do marido de Gisa que parecia se oferecer para acompanhá-la. Ela agira de modo bastante vivaz, natural e muito adequado à situação de um encontro inesperado com uma amiga tão próxima, mas o fez com uma excepcional rapidez, o que parecia confirmar o caráter urgente da sua alegação: não podia permanecer por muito mais tempo. Assim, nem dois minutos haviam se passado desde a saída apressada de Norbert Hanold quando Gradiva também deixou a Casa de Meleagro e chegou à *Strada di Mercurio*. Como era costume a essa hora do dia, a rua só era habitada aqui e ali por algum lagarto que passava, veloz; parada na lateral da rua, Gradiva parecia se entregar por alguns instantes a pensamentos que a tomaram de assalto. Apressou-se, então, em direção ao Portão de Hércules pela via mais curta, atravessou o caminho de pedra no cruzamento do *Vicolo di Mercurio* com a *Strada di Sallustio* (tudo em seu peculiar "andar de Gradiva", apressada-graciosa), e por isso alcançou muito rápido os destroços de muro que ladeavam a *Porta Ercolanese*. Atrás dela se estendia a rua dos Sepulcros — porém não ofuscante e branca, atrás de refulgente cortina de luminosidade, como estivera vinte e quatro horas antes, quando o jovem arqueólogo a observou deste ponto com olhos igualmente perquiridores. Hoje o sol parecia tomado pelo sentimento de que exagerara na força no período da manhã: estendia agora um véu cinzento à sua frente que ia se adensando a cada minuto, e assim os ciprestes, que havia aqui e ali na *Strada de' Sepolcri*, erguiam-se (estranhamente afiados e sombrios) contra o céu. Tratava-se de uma visão muito diferente daquela de ontem, faltava-lhe o fulgor que cintilara, misterioso, sobre todas as coisas; até a rua parecia ter se empenhado em adotar um ar de distinta melancolia, assumindo uma feição morta que, agora sim, fazia jus a seu nome. Algo se movia lá no final da rua, mas isso de modo nenhum contradizia a impressão de morte, e sim a acentuava: lá nos arredores da *Villa di Diomede* parecia haver uma sombra procurando o seu *tumulus* e ela desaparecia, enfim, em uma das tumbas.

Aquele não era o caminho mais curto da Casa de Meleagro ao *Albergo del Sole*, muito pelo contrário: era um caminho na direção oposta; no entanto, Zoë--Gradiva parecia ter concluído, nos últimos minutos, que não estava com tanta pressa para ir almoçar. Assim, permaneceu um brevíssimo momento junto ao Portão de Hércules e decidiu seguir pelo calçamento de lava, adentrando a rua dos Sepulcros — e, como de costume, elevando de maneira quase vertical, a cada passo, a sola de um dos pés.

☦

A *Villa di Diomede* (fortuitamente chamada assim hoje em dia devido ao monumento que certo *"libertus"* — Marcus Arrius Diomedes — mandara construir nesses arredores em homenagem à sua antiga senhora — Arria —, mas também a si mesmo e à sua família após ascender a um posto de direção do antigo distrito municipal aqui localizado) era uma construção bastante ampla e guardava em si um importante pedaço da história da destruição de Pompeia; não um pedaço criado pela fantasia, e sim um absolutamente assustador e real. A parte superior do monumento era hoje uma confusão de enormes destroços; abaixo deles se estendia, no fundo, um jardim muito vasto e rodeado de colunas de um *porticus* ainda conservado, em cujo centro havia escassos resquícios de um chafariz e de um pequeno templo; por fim, lá adiante, um pouco abaixo, havia duas escadas que levavam a um aposento circular e abobadado, e que o taciturno entardecer só conseguia iluminar opacamente. As cinzas do Vesúvio também conseguiram penetrar esse aposento no dia da destruição: tinham sido encontrados nele os esqueletos de dezoito mulheres e crianças; procurando abrigo, elas fugiram para dentro do cômodo semissubterrâneo, levando consigo alguns mantimentos agarrados apressadamente, mas o traiçoeiro abrigo acabou se tornando o túmulo de todas elas. Em outro ponto, ficara estirado sobre o chão, anônimo, o corpo do suposto senhor da mansão, asfixiado pela fumaça tal qual seus servos; ele tentara se salvar saindo pela porta que dava para o jardim (trancada naquele momento), visto que tinha ainda a chave entre os dedos. Ao seu lado havia outro cadáver (provavelmente um servo), que tinha se encolhido e trazia consigo uma quantia significativa em moedas de ouro e de prata. O formato dos corpos das vítimas fora conservado pela cinza solidificada — debaixo de um vidro no *Museo Nazionale*, de Nápoles, havia, por exemplo, um bloco de lava encontrado aqui na *Villa di Diomede*, e que trazia o formato exato do pescoço, dos ombros e dos belos seios de uma jovem moça vestindo uma túnica fina e diáfana.

A *Villa di Diomede* já fora (algum dia, ao menos) um destino indispensável para qualquer visitante diligente de Pompeia; hoje, porém, a grande solitude que imperava em seus aposentos ao meio-dia era sinal claro de que curiosidade nenhuma foi capaz de guiar outros turistas para cá — e justo por isso ela pareceu a Norbert Hanold o refúgio mais adequado a seu novo estado mental. Esse estado mental demandava com grande urgência uma solidão sepulcral, um silêncio absoluto e uma tranquilidade inamovível; contra essa tranquilidade, no entanto, erguia-se dentro de Norbert uma intranquilidade impetuosa, e ela contra-argumentava de maneira bastante enérgica — Norbert foi obrigado, assim, a buscar um consenso entre as duas exigências opostas: seu cérebro tentava defender a própria necessidade de paz enquanto permitia que os pés seguissem seus impulsos. Por esse motivo, andava a esmo pelo *porticus* desde que aqui chegara, o que lhe possibilitava conservar certo equilíbrio físico; ele se esforçava, agora, para normalizar também seu estado mental. Isso se mostrou muito mais difícil na prática do que na teoria: parecia-lhe incontestável que só podia mesmo ter perdido a noção da realidade quando acreditou de fato que havia se sentado junto à jovem pompeiana (que, além disso, teria sido supostamente trazida de volta à vida); essa consciência bastante clara de sua loucura se tornou decerto uma etapa essencial de seu processo de retorno ao bom senso. Contudo ele ainda não retornara em definitivo ao seu estado normal, porque assim que começou a assimilar que Gradiva não passava de um baixo-relevo sem vida, ergueu-se com igual força a certeza de que ela estava, sim, viva, muito viva. Somava-se a essa certeza uma prova irrefutável: ele não era o único que a via, outras pessoas também a enxergavam, sabiam que seu nome era Zoë e se dirigiam a ela como se falassem com alguém que tivesse um corpo tão real quanto o que elas tinham. No entanto, ela também sabia o nome de Norbert, informação que só poderia ter sido adivinhada por meio de habilidades sobrenaturais; essa natureza dupla parecia indecifrável até mesmo àquela lucidez que começava a retornar à mente de Norbert. Porém logo se uniu a tal ambiguidade irresolúvel uma outra, dentro dele mesmo: cultivava o desejo ardente de ter sido soterrado na *Villa di Diomede* dois mil anos atrás, junto de todos os outros, só para não correr o risco de encontrar Zoë-Gradiva outra vez caminhando por aqui; ao mesmo tempo, ele era tomado por um sentimento de extraordinária alegria quando pensava que ainda estava vivo e que, justo por isso, ainda podia reencontrá-la. Essas impressões giravam em sua cabeça como um moinho (para usar aqui uma comparação banal, porém adequada), e da mesma maneira andava ele para cima e para baixo, sem parar, pelo longo *porticus*, o que, aliás, não o ajudava a esclarecer essas contradições. Muito pelo contrário: passava agora por sua mente um vago sentimento de que tudo ao seu redor e dentro de si se tornava cada vez mais e mais obscuro.

De repente, recuou ao virar em uma das quatro pontas da colunata. Não mais do que meia dúzia de passos à sua frente (e sentada relativamente alto sobre os destroços de um muro) estava, agora, uma daquelas jovens moças que perderam a vida nesta casa em meio às cinzas.

Não, isso não passava de um disparate, e a razão o rechaçava. Seus olhos (e outra coisa dentro de Norbert que ainda não tinha nome) também reconheceram a figura. Era Gradiva, ela estava sentada sobre uma rocha de ruína da mesma maneira que estivera sentada outrora sobre o degrau; a única diferença era que, sendo essa rocha bem mais alta do que o degrau, dava para ver desde os pequenos pés de Gradiva (que pendiam, livres, e calçavam sapatos cor de areia) até os seus delicados tornozelos, logo abaixo da barra de sua túnica.

Por instinto, o primeiro movimento de Norbert foi tentar correr para longe, por entre as duas colunas que davam para a área do jardim; aquela que durante a última meia hora se tornara a coisa que ele mais temia na face da Terra adentrara inesperadamente o local e agora o encarava com seus olhos claros e com seus lábios, que, aliás, davam a Norbert a impressão de estarem prestes a cair no riso, um riso de zombaria. Gradiva se segurou, no entanto; e, em vez de um riso, soou desses lábios, calma, a voz já conhecida:

— Lá fora tu te molharias.

Só agora ele percebia que estava chovendo e que por isso o dia havia ficado tão escuro. Isso sem dúvida resultaria em benefícios para o crescimento de todas as plantas em e ao redor de Pompeia, mas deduzir que a chuva também seria benéfica aos humanos era bastante ridículo, e nesse momento o que Norbert Hanold receava mais, até do que a própria morte, era a possibilidade de parecer ridículo. Por isso, acabou abandonando involuntariamente o plano de ir embora — permaneceu parado, perplexo, olhando para os pés de Gradiva (que se agitavam um pouco para cá e para lá, como se tivessem sido tomados, de repente, por certa impaciência). E, levando em conta que essa visão também não parecia capaz de reordenar sua mente a ponto de ele conseguir dar expressão linguística a seus pensamentos, a dona dos delicados pés precisou tomar a palavra outra vez:

— Fomos interrompidos há pouco, tu estavas me contando alguma coisa sobre moscas... Pensei que fizesses experimentos científicos por aqui... Não sei bem, talvez fosse sobre uma mosca na tua cabeça. Conseguiste apanhar e matar aquela que estava na minha mão?

Gradiva fez a pergunta com um sorriso nos lábios, mas esse sorriso era tão leve e gracioso que não trazia consigo nada que provocasse temor. Muito pelo contrário: devolvia a Norbert a capacidade de se comunicar, porém com uma pequena restrição, que era a de que o jovem arqueólogo de repente não sabia mais com qual pronome deveria de fato responder. Para escapar a esse dilema, achou melhor, na verdade, não utilizar nenhum, respondendo, por isso:

— Eu estava... Alguém disse... Um pouco confuso da cabeça e peço perdão pelo modo como... A mão... Não sei como pude ser tão tolo... Mas de fato não saberia dizer como é que a dona da mão conhecia... Conhecia meu nome e meu sobrenome ao me censurar por minha loucura.

Os pés de Gradiva pararam de se mover, e ela respondeu, utilizando ainda a segunda pessoa do singular:

— Quer dizer, então, que ainda não compreendeste, Norbert Hanold. Mas não me surpreendo, há muito já me acostumaste com esse tipo de coisa. Eu não teria precisado vir até Pompeia para ficar sabendo disso, tu poderias ter confirmado tudo umas cem milhas mais perto.

— Cem milhas mais perto — repetiu ele sem entender, gaguejando um pouco. — Onde fica isso?

— Do outro lado da rua do teu apartamento, na diagonal, ali no edifício da esquina; há uma gaiola com um canário na minha janela.

Como uma lembrança distante, a palavra "canário" mobilizou alguma coisa no ouvinte, que a repetiu:

— Um canário... — e acrescentou, gaguejando ainda mais: — Que... Que canta?

— Canários costumam mesmo cantar, em especial na primavera, quando o sol volta a brilhar um pouco mais e a esquentar. Naquela casa vive o meu pai, o professor de Zoologia Richard Bertgang.

Arregalaram-se tanto os olhos de Norbert Hanold que alcançaram um tamanho inédito. Conseguiu, porém, repetir:

— Bertgang... Então a senhora é... A senhorita é... Senhorita Zoë Bertgang? Ela era totalmente diferente...

Os pés suspensos no ar começaram de novo a se agitar um pouco, e a senhorita Zoë Bertgang disse:

— Se achares o tratamento na terceira pessoa mais adequado entre nós, posso utilizá-lo também, claro, mas é que o tratamento na segunda me parece mais natural, está na ponta da língua. Já não sei bem se antigamente eu tinha outra aparência, na época em que éramos amigos e corríamos juntos para cima e para baixo todos os dias e, vez ou outra, para variar, dávamo-nos empurrões e beliscões. Mas se o senhor tivesse prestado um pouco de atenção em mim nos últimos anos, os olhos do senhor talvez tivessem notado que já tenho esta aparência aqui há muito tempo. Nada disso, mocinho, está caindo um pé-d'água agora, como costumam dizer; o senhor vai ficar todo ensopado.

Não apenas os seus pés indicavam que ela ficara de novo impaciente (ou o que quer que fosse aquele sentimento), mas também o seu tom de voz ganhara algo como uma brusquidão professoral e mal-humorada, e Norbert foi tomado pela sensação de que perigava cair no papel de uma criança em idade escolar (mas crescida) com quem ralhavam e que era castigada com tapas na boca. Isso automaticamente fez com que buscasse de novo algum modo de sair correndo por entre as colunas — e, dita com certa indiferença, a última parte da fala da senhorita Zoë se referia àquele movimento de Norbert que denunciava seu impulso de fuga. Dita, sim, com indiferença, mas com precisão incontestável, pois "pé-d'água" chegava a ser um termo brando para aquilo que ocorria lá do lado de fora. Uma espécie de tempestade tropical (dessas que raramente se apiedam da secura veranil das planícies da Campânia) despencava, vertical, rugindo, como se o mar Tirreno jorrasse dos céus sobre a *Villa di Diomede*; parecia também uma muralha maciça de água feita pela união de bilhões de gotas grandes como nozes e brilhantes como pérolas. Isso de fato tornava impossível uma fuga ao ar livre e obrigava Norbert a permanecer no *porticus* — que se tornara uma espécie de sala de aula, e a jovem professora, de rosto belo e perspicaz, se aproveitou do impedimento para, então, seguir expondo as suas deliberações pedagógicas; assim, após uma breve pausa, continuou:

— Naquela época, quer dizer, até mais ou menos aquela época em que as pessoas nos chamavam de *Backfische*, por alguma razão que ainda desconheço, eu tinha já me habituado a sentir um extraordinário apego pelo senhor, e pensava que nunca seria capaz de encontrar um amigo mais amável na face da Terra. Eu não tinha mãe, nem irmã, nem irmão, como o senhor sabe; além disso, para o meu pai, até mesmo um licranço preservado em álcool era infinitamente mais interessante do que eu, e de fato todo mundo (inclusive, claro, as garotinhas) precisa ter alguma coisa com a qual ocupar os pensamentos e tudo aquilo que os pensamentos trazem consigo. O senhor era essa coisa, naquela época; mas quando a Arqueologia dominou a vida do senhor, dei-me conta de que tu te tornaste (o senhor me desculpe, mas essa nova formalidade na terceira pessoa me parece de muito mau gosto e não combina nada com o que quero expressar); eu estava dizendo que aconteceu de tu te tornares uma pessoa insuportável, uma que não tinha mais (ao menos não para mim) ou olhos na cara, ou língua na boca, ou nenhuma daquelas lembranças que eu conservei de nossa amizade de infância. É por isso que aos teus olhos eu não tenho mais a aparência de antes, afinal, mesmo quando eu vez ou outra te encontrava em alguma reunião social (no inverno passado, por exemplo), tu não olhavas para mim e não me era dado nem mesmo escutar a tua voz (o que, aliás, também não me faz especial, já que agora ages assim com todas as pessoas). Eu era um nada para ti, e tu (com esse teu cabelo louro que eu costumava bagunçar antigamente) eras tão seco, tão cheio de má vontade para falar, tão entediante quanto uma cacatua empalhada; mas, ao mesmo tempo, tão fantástico quanto um... Quanto um *archaeopteryx*, acho que era esse o nome da ave gigante pré-histórica que descobriram em escavações. Mas o que eu nunca teria esperado vindo de ti é que a tua mente fosse capaz de uma imaginação igualmente fantástica, e a ponto de acreditar que eu fosse, aqui em Pompeia, algum tipo de pessoa desenterrada e ressuscitada; então, quando surgiste de repente, do nada, foi-me no início bastante difícil compreender como é que a tua fantasia havia conseguido criar uma alucinação tão inacreditável. Em um segundo momento, comecei a achá-la divertida e até mesmo a gostar um pouquinho dela, apesar de toda loucura. Afinal, como te falei, nunca teria esperado isso vindo de ti.

E dessa maneira a senhorita Zoë Bertgang finalizou suas acusações detalhadas, didáticas e sem reservas (um pouco menos duras em tom e expressão na parte final), e era, de fato, curioso o quão parecida ela ficara nesse momento com o baixo-relevo de Gradiva. Não apenas nos traços faciais, no perfil, nos olhos de expressão perspicaz, no cabelo encantador e ondulado ou no gracioso modo de andar tantas vezes admirado, mas também em suas vestimentas — completavam sua figura e fortaleciam a extraordinária semelhança o vestido e o lenço de caxemira de cor creme, fino, suave e ricamente vincado. Talvez houvesse mesmo muita tolice na crença de que uma pompeiana morta há dois mil anos na erupção do Vesúvio e temporariamente trazida de volta à vida fosse capaz de andar por ali, falar, desenhar e comer pão; no entanto, se essa crença lhe trazia contentamento, ele estava disposto a relevar, sempre que necessário, um sem-fim de incompreensibilidades. E, levando em consideração as circunstâncias como um todo, decerto havia atenuantes na hora de avaliar tanto o estado mental de Norbert Hanold quanto a loucura de ter pensado por dois dias que aquela era a Gradiva rediviva.

Ainda que ele estivesse seco e protegido pelo teto do *porticus*, não era de todo inadequada uma comparação entre Norbert e um *poodle* todo ensopado sobre o qual tivessem acabado de virar um balde de água fria. A diferença é que o banho frio lhe fazia bem. Sem saber direito o motivo, sentiu um alívio no peito, sentiu que respirava muito melhor. Isso decerto se dava, acima de tudo, pela mudança de tom no final da pregação (pois o assento daquela oradora era, sem sombra de dúvida, um púlpito); é certo, ao menos, que um transfigurado brilho cruzou os olhos de Norbert ao ouvi-la, como aquele que nasce nos olhos das pessoas que vão à igreja e que, tomadas de devoção, sentem despertar dentro de si a esperança da salvação pela fé. Agora que a reprimenda já tinha passado e que não parecia mais haver chances de ser levada adiante, ele conseguiu por fim articular as palavras:

— Sim, agora te reconheço... Não, de fato tu não mudaste nada... Tu és Zoë... Minha boa, alegre, sagaz amiga... Como é estranho...

— Que uma pessoa tenha de morrer primeiro para só depois viver? Mas para a Arqueologia isso é um fato consumado.

— Não, quero dizer que é estranho o teu nome...

— Por que ele é estranho?

O jovem arqueólogo era versado não apenas nas línguas clássicas, mas também na etimologia da língua germânica, respondendo, por isso:

— Porque "Bertgang" tem o mesmo sentido de "Gradiva". Significa "aquela que resplandece quando caminha".

Ambos os sapatos da senhorita Zoë Bertgang (tão parecidos com sandálias) lembravam agora, francamente, a avezinha alvéola-branca: sua agitação lembrava aquela da ave que, impaciente, balança a cauda, esperando por algo; mas esse algo não parecia ser uma explicação linguística, e, por isso, a dona dos pés que resplandecem quando caminham não prestava muita atenção. Suas feições davam a entender também que ela estava mergulhada no ágil planejamento de alguma outra coisa, até ser interrompida por uma exclamação de Norbert Hanold nascida, ao que parece, de uma profundíssima certeza:

— Mas que alegria que tu não sejas Gradiva, e sim tal qual aquela outra jovem e simpática dama!

Isso fez com que algum tipo de atenta surpresa cruzasse o rosto de Zoë, que perguntou, em seguida:

— Quem é essa? De quem estás falando?

— Daquela que conversou contigo na Casa de Meleagro.

— Tu a conheces?

— Sim, eu já a vi. Foi a primeira pessoa de quem gostei de verdade.

— Ah, é? E onde foi que a viste?

— Hoje de manhã, na Casa do Fauno. Aliás, ela e o outro estavam fazendo algo bastante estranho.

— E o que é que eles estavam fazendo?

— Eles não me viram, estavam se beijando.

— Isso faz todo o sentido, na verdade. Por que outro motivo eles teriam vindo a Pompeia em lua de mel?

Enquanto ela dizia a última palavra, modificou-se de uma única vez, bem diante dos olhos de Norbert, a imagem que se via até então, pois o velho pedaço de muro ficou vazio de todo: aquela que o havia escolhido como assento, cátedra e púlpito resolveu descer de repente. Ou, melhor dizendo, voar para baixo, e justo com a peculiar agilidade de uma alvéola-branca que planasse pelo ar até o chão; assim, ela já estava de pé (aqueles seus pés-de-Gradiva) antes mesmo que o olhar de Norbert conseguisse apreender conscientemente esse voo até o chão. E, seguindo sua fala como se não houvesse tido interrupção nenhuma, disse:

— A chuva já acabou: reis duros demais perdem rápido a coroa. Isso também faz todo sentido; tudo voltou, então, ao normal, assim como eu, e tu já podes voltar a procurar Gisa Hartleben, ou como quer que ela se chame hoje em dia, e ajudá-la nos experimentos daquele assunto que a trouxe a Pompeia. Agora eu preciso retornar ao *Albergo del Sole*, meu pai já deve estar me esperando para almoçar. Vai ver voltamos a nos encontrar algum dia pelas reuniões sociais lá na Alemanha ou, quem sabe, na lua. *Addio*.

Zoë Bertgang disse isso tudo em um tom polido, mas frio, tal qual uma jovem dama de boa família; e, movendo-se para ir embora, erguia seu pé direito em posição quase vertical, pisando adiante com o esquerdo, como era seu costume. Quando se leva em conta que, além de tudo, ela ainda ergueu um pouco a barra do vestido com a mão esquerda ao notar que o chão do lado de fora estava todo encharcado, eis que ficava, assim, completa essa figura à imagem e semelhança de Gradiva; e Norbert (que a observava a uma distância de não mais do que dois braços) notou pela primeira vez uma minúscula diferença entre a figura viva e a de pedra. Faltava a esta algo que a outra tinha, algo que justo nesse momento se destacava de maneira excepcional: covinhas nas bochechas, nas quais acontecia agora algo ínfimo e difícil de definir. Elas se franziam e vincavam um pouco, o que poderia exprimir tanto uma certa irritação quanto a tentativa de segurar um ataque de riso — provavelmente as duas coisas ao mesmo tempo. Norbert Hanold as olhava com atenção, e (apesar de ter recobrado por completo o bom senso, segundo a prova apresentada agora há pouco) seus olhos deviam decerto sofrer de mais uma ilusão de óptica. Isso porque anunciou (e em um tom excentricamente triunfante) sua última descoberta:

— Aí está a mosca de novo!

A fala de Norbert pareceu tão esquisita que só restava à sua perplexa ouvinte, que não podia ver a si mesma, deixar escapar a pergunta:

— A mosca... Onde?

— Aí na tua bochecha!

E, ao mesmo tempo que respondia, passou de repente o braço em torno do pescoço da moça, buscando desta vez com os seus lábios o inseto que abominava e que o seu delírio fazia crer que estivesse sobre aquelas covinhas. Contudo parece que não teve sucesso, já que logo depois exclamou de novo:

— Não, agora ela está no teu lábio! — e, rápido como um raio, voltou para aqueles lábios seu ímpeto de captura, mas permanecendo agora tanto tempo ali que não podia mais haver dúvida de que Norbert alcançara o tal do seu objetivo da maneira mais plena possível.

Curiosamente, desta vez a Gradiva de carne e osso não o impediu; quando, depois de mais ou menos um minuto, a boca se sentiu obrigada a lutar por oxigênio e recobrou sua capacidade de se comunicar, ela não falou "Tu estás mesmo maluco, Norbert Hanold"; ao invés disso, seus lábios (bem mais vermelhos do que antes) abriram-se em um sorriso encantador, demonstrando que ela estava, afinal de contas, mais convencida do que nunca da tal recuperação completa da sanidade de Norbert.

Há dois mil anos, a *Villa di Diomede* vira e escutara, em um momento cruel de sua história, coisas bastante tenebrosas; porém, há mais ou menos uma hora a *Villa* só ouvia e enxergava ali coisas agradáveis, coisas incapazes de instilar horror. Logo, no entanto, a senhorita Zoë Bertgang foi tomada por alguma sensatez, e por isso lhe escapou dos lábios (contra a sua vontade, é verdade):

— Mas agora eu *realmente* preciso ir, senão o coitado do meu pai morre de fome. Imagino que tu possas abdicar hoje da companhia de Gisa Hartleben durante o almoço, já que não tens mesmo mais nada a aprender com ela; podes te contentar hoje com minha companhia lá no Albergue do Sol.

Disso se podia concluir que algumas coisas decerto foram discutidas durante aquela última hora, coisas que Norbert não compreendera, pois agora se fazia menção à utilidade de certos ensinamentos que, ao que tudo indica, ele teria recebido da jovem Gisa. Contudo a parte da advertência de Zoë que de fato dominou o espírito de Norbert não foi essa, e sim outra, uma que, aterradora, tomava a sua consciência pela primeira vez e que se revelava no modo como repetiu:

— Mas teu pai... O que é que ele vai...?

Sem expressar nenhuma sombra de preocupação com o que ouvia, a senhorita Zoë o interrompeu:

— Provavelmente ele não fará nada, eu não sou nenhuma peça indispensável na coleção zoológica do meu pai; se eu fosse, é muito provável que meu coração não tivesse se apegado a ti deste jeito tão insensato. Além disso, desde muito pequena deixaram claro para mim que uma mulher só tem serventia nesse mundo se ela livra um homem do esforço de tomar decisões sobre as coisas que acontecem dentro do lar; geralmente, poupo meu pai dessas preocupações, então nesse sentido tu também podes ficar tranquilo de agora em diante em relação ao teu futuro. Caso aconteça de ele por acaso (e justo nesse assunto) opor-se, podemos resolver a situação sem grandes dificuldades. Basta que tu viajes por uns dois dias a Capri, que captures lá um lagarto *faraglionensis* usando um laço feito de talo de relva (podes praticar esse laço aqui no meu dedinho), que soltes o lagarto por aqui e que o captures outra vez bem diante de meu pai. Pede, então, que meu pai escolha livremente entre mim e o lagarto... Assim, antes mesmo que te dês conta, tu já me terás; fico até com pena de ti. Aliás, acabo de perceber que eu fui, até agora, muito mal-agradecida com o colega do meu pai, o senhor Eimer: não fosse por sua genial invenção do pega-lagarto, eu decerto não teria entrado na Casa de Meleagro naquele dia, o que teria sido uma pena... Não apenas para ti, mas para mim também.

Esse último pensamento ela já exprimia do lado de fora da *Villa di Diomede*, e infelizmente não havia, hoje em dia, mais ninguém na face da Terra que soubesse como eram a voz e o modo de falar de Gradiva. Se eles (como todo o resto) tiverem sido de fato parecidos com a voz e o modo de falar da senhorita Zoë Bertgang, então com certeza possuíam também este seu encanto excepcional, belo, travesso.

Norbert Hanold, ao menos, foi tomado de maneira tão forte por seu encanto que, animado por um sopro poético, exclamou:

— Zoë, minha vida querida, meu amado presente... Nossa viagem de lua de mel será na Itália, em Pompeia!

Isso era a prova cabal de como diferentes circunstâncias podem transformar o espírito humano e, além de tudo, ainda causar uma ligeira amnésia. Afinal, nem lhe passou pela cabeça que, durante essa tal viagem de lua de mel, ele e sua companheira correriam o risco de serem chamados de "August" e de "Grete" por certos passageiros de trem carrancudos e misantropos; agora, porém, Norbert estava tão distante desses pensamentos que Zoë e ele até mesmo andavam de mãos dadas pela velha rua dos Sepulcros de Pompeia. A rua com certeza já não parecia mais ter um nome adequado: um céu de brigadeiro brilhava e sorria de novo sobre ela, o sol cobria as velhas pedras de lava com uma tapeçaria dourada, o Vesúvio exalava uma fina coroa de vapor e toda a cidade escavada parecia agora (devido à benéfica pancada de chuva de há pouco) não mais coberta de cinzas e púmice, e sim de pérolas e diamantes. O fulgor dessas joias tinha um competidor à sua altura: o brilho dos olhos da jovem filha do zoólogo; no entanto, seus lábios sagazes deram a seguinte resposta ao amigo de infância (que, de certa maneira, também parecia ter sido escavado das ruínas de Pompeia) e ao desejo que ele exprimira de viajar a Pompeia na lua de mel:

— Acho que não precisamos quebrar a cabeça com isso hoje; essa é uma daquelas coisas que decerto exigem uma reflexão mais longa e mais madura dos dois, então podemos, por ora, deixá-la para as meditações futuras. Eu, pelo menos, não me sinto ainda viva o suficiente para tomar, digamos, uma decisão geográfica dessas.

Isso tudo também demostrava, decerto, uma exagerada modéstia por parte de Zoë acerca da sua própria capacidade de compreender coisas sobre as quais ainda não havia refletido. De qualquer maneira, os dois conseguiram retornar ao Portão de Hércules, ali no início da *Strada Consolare*, onde um velho caminho de pedras levava de uma calçada à outra. Norbert Hanold parou diante do caminho e, assumindo um tom de voz muito peculiar, disse:

— Pois não; podes atravessar primeiro!

Um sorriso bem-humorado de quem compreendia tudo atravessou, então, os lábios de sua companheira; assim, envolta naquele olhar sonhador que Norbert lhe lançava, Zoë Bertgang — Gradiva rediviva — ergueu um pouco o vestido com a mão esquerda e, caminhando daquele seu modo apressado-calmo, cruzou a rua pelo caminho de pedra e sob o esplendor do sol.

Dados Internacionais de Catalogação na Publicação (CIP)
(Câmara Brasileira do Livro, SP, Brasil)

Fantásticas: volume II: antologia / Prosper Mérimée, Wilhelm Jensen ; tradução Andréia Manfrin, Matheus Guménin. -- São Paulo: Ercolano, 2024.

ISBN 978-65-999725-9-1

1. Contos - Coletâneas - Literatura 2. Feminino
I. Mérimée, Prosper. II. Jensen, Wilhelm.

24-189665   CDD-809.83

Índices para catálogo sistemático:
1. Antologia: Contos: Literatura 809.83
Eliane de Freitas Leite - Bibliotecária - CRB 8/8415

ERCOLANO

Editora Ercolano Ltda.
www.ercolano.com.br
Instagram: @ercolanoeditora
Facebook: @Ercolanoeditora

Este livro foi editado em 2024 na cidade de São Paulo pela Editora Ercolano, com as famílias tipográficas Bradford LL e Wremena, em papel Pólen Bold 90g/m² na Gráfica Geográfica.